緋彈的亞莉亞 XIV

Aria the Scarlet Ammo

不請自來的海霧

赤松中學

1彈　臥龍與鳳雛

——九龍猴王。

——鬥戰勝佛。

——孫悟空。

不負這些偉大的稱號，孫果然是個如武神般的少女。

「好，遠山，我就讓你見識一下。」

而那個孫，現在正目不轉睛地盯著我。

「……不過我這樣說應該也會變成謊言吧。畢竟如意棒的速度不是肉眼可以追得上的呀。」

她的右眼還綻放著紅光——！

（——是雷射……！）

即使是爆發模式下的我，心中的緊張感也不禁越來越強烈。

該怎麼辦？

孫已經把如意棒對準我了。

如意棒的真相，其實並不是像西遊記中描寫的那種紅色的棒子。

而是從孫的眼睛射出來的必殺雷射光線。是光學武器啊。

——我亢奮到三十倍的思考能力立刻思考著對應的方法。

雷射光是射擊武器。

而我們乘坐的凱迪拉克DeVille與孫駕駛的BMW・Z8——兩臺敞篷跑車，正以時速超過一百公里的速度並駕疾馳在香港島的東區走廊。

在車上進行射擊，準度就會下降。

（那就利用車子的機動力——讓她射偏！只要沒被射中就行了……！）

雖然我已經思考到這一步了，但是——

行不通。

孫用赤裸的右腳駕馭著方向盤，把左腳踏在擋風玻璃上，用握在手上的青龍偃月刀調整著車子的巡航系統——即使在這樣的狀況下，她的駕駛依然很精準。

理子剛才灑的機油也已經漸漸失去效果，Z8從滑胎的慣性飄移又慢慢恢復到正常行駛的狀態了。

這臺凱迪拉克與Z8在機動性能的差異有如烏龜與飛燕，那個雷射攻擊又不需要像手槍一樣用手握住槍身瞄準。在構造上，她只需要看著敵人然後發射就行了。

不管我怎麼左右擺動車身，孫應該都能準確地射中我吧？

在孫頭上發亮的金箍冠，宛如天使般的光環，變得越來越耀眼——因為激烈的飛車追逐，而稍微從我口袋中露出來的蝴蝶刀……就像過去曾經也有過的經驗一樣，開始綻放出不可思議的緋色光芒。但是我現在根本沒有閒功夫去理會它。

就在這時……

「那就是傳聞中的雷射呀？」

到剛才還一副從容不迫的理子，忽然有點焦急地發出裡理子的聲音。

接著，她拔出雙劍雙槍——

「金次是我的獵物！妳休想擅自殺掉他！」

——碰碰！

兩把華爾瑟P99開槍射擊，分散對方的注意。綁在兩邊的馬尾也同時朝孫擲出兩把銳利的戰術短刀。

「嘻嘻！」

孫發出笑聲——用穿著防彈水手服的肩膀擋下一顆子彈、用偃月刀彈開另一顆、接著向後翻轉兩圈半，躲開短刀——避開所有的攻擊了。

坐在車後座的理子射出的四連擊，都是瞄準同一個目標。

（——眼睛啊。）

就是擁有雷射攻擊能力的、孫的右眼。

這個理子，是目無王法的理子。

她剛才那招就跟過去要射殺我的時候一樣，是殺人性的攻擊方式。

但是，孫反而感到很開心地，又再度把腳踏到Z8的方向盤與儀表板上。

那是完全背對行進方向的背向駕駛狀態啊。

「好女人！讓我回想起王元姬呀！」

孫朝著理子的手部，橫掃偃月刀。

夾著「噹！噹！」兩聲尖銳的聲響，理子手上的兩把華爾瑟P99都當場被彈飛——

「——嗚！」

上半身後仰的理子，依然把穿著華麗改造制服的雙手伸向孫。

接著在她空空如也的雙手上……鏘鏘！

（袖中槍！）

利用彈簧機關藏在長袖中的另外兩把華爾瑟彈射出來，同時開槍！

一瞬間就瞄準目標的兩連擊，對孫發動了奇襲。

孫依舊立刻做出反應，將頭一偏，躲開朝她右眼飛去的第一發子彈。但是——

「——！」

理子的第二發子彈並不是瞄準眼睛，而是打算射穿對手的頸動脈。
連續五次瞄準眼睛之後，趁對方不注意而瞄準脖子的最後一發子彈——啪！
命中了孫傾斜的頭部。
「呀！」
白雪小聲發出尖叫。
身材嬌小的孫因為中彈造成的衝擊力，「碰！」一聲倒在Ｚ８的引擎蓋上。
「……嗚……！」
但是，我看見了。
事情並沒有結束。
「——白雪，剩下十三顆子彈。」
我單手握著凱迪拉克的木製方向盤，用另一隻手把貝瑞塔遞給副駕駛座的白雪。
現在白雪手上沒有槍。在百貨公司的激戰之後，她雖然有把色金殺女跟鎖鏈鐮刀回收回來，但是用完子彈的Ｍ６０似乎就丟在現場了。
本來把槍借給別人並不是一件好事……不過現在也沒辦法管那麼多了。
狀況還會持續啊。
就在我緊咬起牙根的時候——磅！
靠背肌跳起來的孫，越過擋風玻璃，落在Ｚ８的駕駛座上。

接著，「呸！」一聲，把華爾瑟的子彈從口中吐出來。

孫剛才……把理子的第二發子彈**用牙齒咬住**了。

「我還是第一次用這招呀。就讓我誇獎妳一下。我有在照片上看過妳，妳是峰・理子・羅蘋四世對吧？雖然是個中輟生，但真不愧是原本隸屬過伊・U的學生呀。」

口咬子彈（Bite），我在半年前也有幹過啊。

不過……就算子彈的威力不同，但我當時可是昏倒了將近一分鐘。

而孫竟然只有一瞬間失去意識而已，真是了不起。看來她比我還耐打呢。

另外——我發現了一件事。

孫這時起了一項重要的變化。

（……右眼……）

她眼睛上的光芒消失了。

頭上的金箍冠也是。

大概是因為雷射的蓄氣跟發射是需要集中注意力的關係吧？而就是因為剛才她瞬間失去意識，所以攻擊被取消了。

在這個狀況下，孫——

並沒有立刻準備下一發雷射。

小至彈額頭，大至核彈發射，任何攻擊都有發動的條件。只要阻止了那個條件，就能讓攻擊被取消。

就算那是什麼必殺絕招——

——她似乎也沒打算像個白痴一樣只用同一招，讓對手有機會看穿發動條件或弱點的樣子。

這位鬥戰勝佛妹妹，乍看之下好像很莽撞，不過看來也有很謹慎的一面呢。

從對佛也加上「妹妹」來稱呼的我身後……

「別露出一副什麼都知道的表情——不准叫我『四世』，這個矮冬瓜！」

發飆的理子完全無視於我的駕駛，用宛如中國功夫的「掌擊」一樣的手勢，旋轉方向盤。

凱迪拉克 DeVille「嘰！」一聲滑向Z8，用力往車身側面撞了下去。

被 DeVille 撞開的Z8，被撞到東區走廊的護欄上，爆出火花。

「——妳沒資格說我！這個矮冬瓜理子！」

彷彿是被彈回來的Z8，引擎「轟！」地發出巨響，用加速彌補車重，撞向我們的側面。

感覺就像是Z8被罵成是「矮冬瓜」而生氣了一樣。

「我有一四七公分呀！妳根本連一四〇都沒有吧！」

「我再兩公分就一四〇了啦！」

磅！轟轟——磅！

維持著時速超過一百公里的速度，理子與孫互相撞著對方的車。

在某種意義上……這兩個人可說是同等級，或是臭味相投啊。

不過，既然是用車子進行格鬥戰，咱們這臺硬到可以的美國車還比較有利呢。畢竟車重可是有對方的一點五倍以上。

姑且不論是不是故意這麼做的，但理子確實很巧妙地對孫做出挑釁，讓她沒辦法發射雷射光啦。

趁著戰況變有利的機會，白雪將身體靠向車體前方——

「小金，不好意思，請讓開一下！」

碰！碰碰！

雙手握住貝瑞塔，用單發半自動模式開槍了。

雖然白雪原本就是因為射擊能力不好，所以才會選擇使用分隊支援用的機關槍……不過也因為她個性認真的關係，所以很確實瞄準著孫在開槍。

多虧如此，孫的動作稍微受到了妨礙——

趁這個機會，我把沙漠之鷹拔出來了。

「這是點50AE——普通子彈，配合我開槍！」

我對理子與白雪如此說著，同時稍微把頭往後縮，扣下DE的扳機。

隨著「磅——！」一聲宛如砲擊般的聲音，Ｚ８的車身上出現了像隕石坑一樣的彈痕。

就算我現在是處於爆發模式，但畢竟對手是孫。用單手握住這把反作用力超強的手槍，而且還是一邊駕駛一邊開槍，實在沒辦法先預測對方的動作，進行精密射擊。

因此，我瞄準的是Ｚ８的車身，打算破壞對方的車子。

這就是所謂「射將先射馬」啊。

「咕！」

孫似乎察覺到我瞄準的目標是Ｚ８，而趕緊打換檔位——

——讓再度換成巡航模式的Ｚ８靠近 DeVille 的車旁，然後像打網球的撈球動作一樣用青龍偃月刀彈開ＤＥ的第二發子彈。

偃月刀爆出火花，被彈了回去。孫接著順勢像螺旋槳一樣用單手旋轉刀身——

翻起短版水手服……啪！

「打擾一下啦，遠山！」

——竟然跳到 DeVille 上來了！

車身到處凹陷的無人Ｚ８，依舊並行奔馳在一旁。我是不是該讓車子遠離它？

不，或許有機會利用到也不一定。就跟它保持一定的距離吧。

我如此判斷的同時，把ＤＥ的槍口轉向孫。結果孫伸出腳，用腳趾把槍口轉向理子的方向了。

「喂！」

理子趕緊推開我的手臂，打算讓ＤＥ重新瞄準孫——

不過孫卻是……

「啊哈哈！」

愉快地大笑著，單腳站到我的手臂上。

接著掀起裙襬，像陀螺一樣旋轉起來。孫的尾巴當場擊中我的頭部，偃月刀同時揮向理子的脖子。理子趴下身體躲開攻擊，並且打算用頭髮纏住偃月刀，但是卻來不及抓住。

白雪在近距離下「碰碰！」地開槍，不過孫卻像在跳舞似地躲開了子彈。

她究竟是有多熟練戰鬥啊？竟然在這種距離下也無法擊中她。

（——果然，近身戰對我們比較不利嗎？）

像剛才也是，爆發模式下的我沒辦法ＫＯ孫。如果是打擊比賽的話，那狀況下的我早就輸了。

可是如果拉開距離——她還有雷射可用。

到底該怎麼辦才好……！

「「這個矮冬瓜！」」

理子與孫異口同聲地大叫。理子用亞魯・卡達的招式撲向孫，卻被孫的一記前踢踹回車後座。

理子差點就摔下車子。而從她的胸前，隱約可以看到之前在紅鳴館從弗拉德手中偷來的藍色十字架。

那個十字架也在發光，就跟我的蝴蝶刀一樣。

感覺就像是跟孫的戰鬥產生了共鳴。

「——沒子彈了！」

就在這時，白雪把貝瑞塔放在車座上，同時趁著孫在近距離的機會，拔出了藏在制服中的色金殺女應戰。

見到白雪的行動……孫立刻用腳趾轉動DeVille的方向盤，讓車身遠離Z8。

突如其來的轉向讓我們眼花了一下……

「啊洽！」

孫也不理會昏頭轉向的我們，當場跳離DeVille，橫抱著青龍偃月刀，散開長髮在空中前滾翻了好幾圈——

唰！

最後降落在Z8的駕駛座上。

（她在……逃避色金殺女？）

這麼說來，剛才在百貨公司戰鬥的時候，孫也對色金殺女表現出討厭的態度。而且感覺並不是單純的討厭，應該事有蹊蹺。

……然而，周圍的景象忽然讓我有種熟悉的焦躁感，害我沒辦法專心思考這件事情了。

沿著灣岸高速公路不斷奔馳的我們，正漸漸靠近北角——也就是我昨天迷路的時候照顧過我的地區。

那邊的居民們對我來說，不只是一飯一宿之恩，甚至有二飯一宿之恩啊。

我絕對不能讓他們被牽扯進來。

前方不遠處可以看到一個高速公路的出口。我必須先離開這條高速公路，換到另外一條高速公路才行。

就在我打著方向盤，準備讓車開向出口的時候，從高速公路的出口……

「……裝、裝甲車……？」

正如驚訝的白雪所說，一臺ＦＶ６０３撒拉森竟然逆向行駛，開進高速公路了！

在迴轉砲臺上的少女，與前方艙門中探出頭來的少女——

都綁著同樣的黑髮雙馬尾，有著同樣的臉孔。是昭昭。

（這邊的想法被事先預測到了嗎！）

我趕緊旋轉方向盤，進行迴避動作。同時……

在撒拉森上的昭昭「吖吖吖吖吖！」地用M1919機關槍開始掃射了。

雖然因為角度很差，雙方的車子又在行進中，子彈沒辦法擊中我們。不過在這狀況下，我們也沒辦法開下高速公路啦。

於是DeVille與Z8並行疾馳，飛也似地穿過行動遲鈍的車輪裝甲車前面——

雖然我很想從對面的高速公路出口逆向逃走，但這邊已經是北角了。我本來就已經很不想讓北角的居民們被牽連進來，更不能讓他們遇上撒拉森機槍掃射的危險啊。

這下只能沿著這條立體高速公路繼續走了。

（可是，這條高速公路……）

我有印象啊。

我一邊咂著舌頭，一邊讓車子撞開工程中的告示板，同時迴避被Z8撞開的工程三角錐。

這條DeVille與Z8並行疾馳中的全新立體高速公路——

——**前方已經沒路了**。

這條像橋一樣的高速公路，還在建造中啊。正好就是今天早上我跟猴相遇的那家粥店的上方。換句話說，在某種意義上，這是一條死路。看來昭昭的目的就是這個，才會埋伏在那個出口的啊。

我們漸漸看到了像跳水臺一樣突出在維多利亞港上空的道路……

「呃……」

「啊呀……」

白雪跟理子也不禁露出了傷腦筋的表情。

而我瞥眼瞄了一下跑在一旁的Z8，卻看到孫反而對我露出奸笑。

……妳打算跟我來場試膽比賽是嗎？我可沒興趣呢。

但是，如果我在這邊緊急剎車的話——

孫應該也會停下車子吧？

接著就會演變成一場近身肉搏戰，那並不是我所期望的狀況。我這時發現白雪忽然轉回頭，於是跟著看了一下後照鏡。果然，撒拉森也追上來了。我們這臺凱迪拉克已經變成甕中之鱉啦。

怎麼辦？這下該怎麼辦啊，金次？

彷彿是在回答我心中的問題似地……

「金次，加速呀！」

腎上腺素狂飆的理子大聲對我叫著。

……在這邊踩下油門，肯定會衝進海裡的。

雖然在電影中遇上這樣的橋段，頂多就是溺水的程度而已。但是以一百公里以上的時速衝撞海面的話——可是會比衝撞水泥牆還要硬啊。

然而，我也想不出別的替代方案。

只能相信理子了。

「反正沒辦法踩剎車的話，能踩的就只剩下油門啦。」

我一邊嘀咕抱怨著，一邊全力踩下凱迪拉克 DeVille 的油門。

面對我們全開的馬力，Z8也「轟！」地做出回應。

「嘻嘻！你們真是一群愉快的傢伙呀！」

孫讓八汽缸引擎發出巨響，繼續跟在我們的車旁。

前方就是高速公路的終點了，兩臺車卻反而持續加速。

真是太瘋狂了。

就連撒拉森也傻眼地停了下來，昭昭們張大著嘴巴看著我們。

好啦……

已經……

快要沒路可走啦……！

就算現在踩下剎車，也沒辦法及時停下車子了。不管是我們，還是孫，都一定會掉下去啦。

就在這時，理子華麗地撩起她微鬈的金髮——

「嘿咻。」

坐到我跟白雪之間的連結式座椅的椅背上。

就在我們的臉旁邊，理子的大腿很有精神地上下動著——唰、唰。

裝飾著像櫻桃一樣吊飾的襪子，下面的紅色皮鞋，把至今好像都沒用過的中央座安全帶鉤了起來。

接著將安全帶的釦子與隱藏在她制服背後、水手服領巾內側的掛鉤互相連結之後，對我大叫——

「金次，就是現在——剎車！」

就在我用力踩下剎車的同時，理子一口氣把她背後的蝴蝶結解開。

——啪唰啪唰啪唰！

滿是荷葉邊的改造制服瞬間攤開，變成了滑翔翼。

而抓住滑翔翼控制繩的理子，因為慣性而往前傾倒後，又立刻被拉向後方，滾倒在DeVille的後座上。

滑翔翼則是在DeVille的後方被空氣撐開，「磅！」一聲徹底展開。

在一陣刺耳的剎車聲中——我看到白雪不知道往絲毫沒有減速、從高速公路飛出去的Z8丟出了什麼東西。緊接著——

因為過於強力的緊急減速，使得DeVille的所有座位前方都「碰！」地爆出安全氣囊。

（原、原來如此……！）

除了車子本身的剎車之外，理子同時並用的，是空力剎車。

簡單講，就是在車身後方展開降落傘，利用空氣阻力減速的方法。

這方法實際上非常有效果，像直線競速賽的車子、返回地面的太空梭或是戰鬥機也會採用同樣的手法。

多虧如此，讓DeVille的剎車距離得以大幅縮短——

最後只有前輪「碰！」地從高速公路末端滑出去而已……就成功停下來了。

「孫……！」

我用力撥開安全氣囊，把頭探出去一看……

「……真、真是有驚無險呢。小金也辛苦了。」

就看到坐在副駕駛座的白雪把身體靠在氣囊上，對我苦笑了一下。

而在她的笑臉旁邊……

白雪的輔助刀劍——鎖鏈鐮刀，就插在車門上。

從鐮刀延伸出去的玉鋼製鎖鏈，從高速公路的邊緣垂下去……

我戰戰兢兢地走下車子後，往橋下一看，就看到孫抓著鎖鏈另一頭的重錘。

「……哼！」

跟我對上視線的孫，有點不甘心地把頭別開了。

而在她的下方，Z8硬生生撞在消波塊上，前半部沒入水中，後半部燒起大火。要是剛才孫跟著車子掉下去的話，應該早就性命不保了吧？

白雪很端莊地併攏雙膝，從凱迪拉克上走下來後——

「真棒啊，白雪。雖然對於『孫是不是人類』這一點有待評估……不過多虧有妳，讓我們沒有做出違反武偵法的行為啦。」

我就像是要幫她梳理被風吹亂的長髮一樣，伸出右手摸了摸她的頭。

「是……很高興能幫上你的忙呢……親愛的……」

什麼親愛的？

聽到白雪又用每當她感到陶醉時總是會使用的第二人稱（註1）稱呼我，我只能對她苦笑一下……

「理子呢理子呢～？理子也很棒吧～？」

而在我的左側，理子也探出頭來了。

身上只穿著蜜金色的內衣。

「——嘿呀！」

白雪立刻對她使出三本貫手（在空手道中，伸出三隻手指刺向敵人雙眼的瘋狂招

註1 在日文中是使用第二人稱「あなた（anata）」來代表「親愛的」。

式。比起只利用兩隻手指的「二本貫手」更能提升戳中眼睛的成功率。）但是理子卻用胡鬧似的動作輕鬆躲開了她的攻擊，抱住我的身體。

接著，徹底擺出理子平常的態度，用臉頰磨蹭著我，開始撒嬌起來。

於是……

「是啊，多虧有妳，讓我們得救了。理子真是個天才啊。」

我只好也伸出左手，摸摸理子的頭。

「嘿嘿～欽欽的摸摸頭感覺好溫柔呦～理子都要融化了呢……」

見到理子露出陶醉的眼神，抬頭看著我……

「我很溫柔？是那樣嗎？那也要看對象啊。如果妳覺得我現在的手很溫柔……那應該是因為我摸的是理子的關係吧？」

我對她如此呢喃……

「哈呼……」

讓吐露出甜美氣息的理子變得完全沒有抵抗能力了。

同時，我將手指從白雪的衣襬下稍微伸進她的制服中……

「呀嗚！」

也不理會她那聽起來有點妖豔的叫聲，「咚、咚咚」地用敲指信號安撫她。『白雪才是第一棒的。』

接著，我用左右雙手摟住那兩個人的腰，看了一下她們的表情——白雪對我露出『就是說嘛！』的微笑，而理子也變成像嗅了木天蓼的貓咪。兩個人都進入安定期，看來是不會失控了。

要是讓她們兩個在這邊吵架，我可是會很困擾的啊。

正當我這樣想著，就看到在高速公路的末端……

「剛才咬了那一下子彈，已經讓我有點暈了。別再說那些讓我發笑的話呀。」

孫利用雙手雙腳與一條尾巴，爬到路面上來了。

「……說出讓妳發笑的臺詞還真是抱歉啊。不過，正如妳說聽到的。我根據對象，也是會摸得很激烈喔？」

我對孫如此警告後……

孫似乎也有自覺，剛才的比賽是自己輸了。

於是她把手交抱在沒有起伏的胸前，對我瞪了一眼。

「別太得意忘形了。我跟你說清楚，你是到現在才好不容易跟我平手而已呀。」

相對地，白雪跟理子則是再度用銳利的視線看向孫。

不過我並沒有否定孫這句話的意思，於是只回應了她一句。

「是啊，我知道。」

我跟孫的戰鬥，第一回合中——

我跟我的笨蛋老弟主動出擊，最後卻逃跑、敗退了。也就是在東京，鏡高組大本營屋頂上的那場戰鬥。

而剛才的這場戰鬥，只不過是我在第二回合中稍微還以顏色罷了。

如果把這想成是三戰兩勝制的比賽，我還必須要再贏她一場才行。

「怎麼樣？要現在馬上再打一場嗎？雖然我是很想稍微沉浸在剛才那場戰鬥的餘韻中啦，不過曹操她們似乎並不這麼打算的樣子呢。」

我看到孫把視線移向我們背後，於是跟著轉回頭——

就看到那臺裝甲車停在高速公路上，稍微離我們有點距離的地方。

一看就知道，那距離是手槍的有效射程之外，不過是在M1919的有效射程之內。

昭昭她們似乎發現我們正在看著她們，於是四個人浩浩蕩蕩地走出裝甲車……

宛如什麼戰隊的招牌動作般，在路上組成一團……對著我們各自擺出中國拳法的架式。

接著……

「一、二、三——四象羅漢陣！」

還「數到三」之後，異口同聲地大叫呢。

這是……哪招？

雖然很可愛啦，但那到底是啥？

「……是團體體操嗎？」

我對孫露出「我搞不懂啦」的表情後……

「呃……她們那分別是青龍、白虎、朱雀跟玄武啦。」

孫依序指著昭昭1～昭昭4，對我解釋著。

……？

……哦、哦哦。

聽她這麼一說，昭昭們的確看起來很像在用全身表現著蛇、貓、鳥跟龜的樣子啊。

「然後呢？那到底是在幹什麼？」

「就是在威脅你們啦。很可怕吧？」

聽到孫露出得意的表情如此說明，我、白雪與理子都不禁面面相覷……

接著看到昭昭她們維持著體操姿勢似乎很辛苦，全身還有點發抖的樣子，不禁覺得對她們視而不見好像也太可憐了……於是我們各自用手勢對她們表示了一下『很可愛喔』。

結果昭昭她們似乎感到滿足了，紛紛咧嘴一笑。

接著分散開來，各自從不同的艙門又回到裝甲車裡了。

「……」

一段沉默之後，我決定暫時先不管昭昭她們，而轉頭看向孫……

「好啦，這下怎麼辦？要馬上再開戰嗎？雖然我是很想稍微休息一下啦，不過**兩位S級的武偵**似乎並不這麼打算的樣子啊。」

模仿了一下剛才孫說過的臺詞，讓話題言歸正傳了。

「……？」

孫露出疑惑的表情。不過就在她身上的水手服胸口中央……

出現了一顆發出紅光的點。

是狙擊槍的紅外線瞄準器。

接著，那個紅點彷彿是確認到孫已經發現它的存在，而消失了。

那應該是蕾姬吧？另外……

「那可是A－TNK彈喔。」

──轟轟！轟轟轟──

從立體高速公路的下方，伴隨著YHS／01──滯空裙甲斷斷續續的噴射聲響，亞莉亞現身了。

她輕飄飄地翻起粉紅色的雙馬尾與裙襬，在離孫有點距離的地方著地後……

首先狠狠瞪了一下左擁右抱的我，接著才看向撒拉森。那順序是不是有點奇怪啊？

我雖然剛才確實有一邊戰鬥，一邊傳了郵件通知亞莉亞啦……

不過考量到我的生命危險，是不是不要叫她過來比較好啊？

順道一提，亞莉亞剛才其實從途中就跟在我們的飛車追逐之後了。而且是抱著蕾姬，從天而降。

她將蕾姬搬運到大廈山谷間，接著從海面上飛過來——不過話說回來，身為一名年輕貌美的女高中生，飛在空中的時候能不能至少在裙子底下穿件安全褲啊？

關於這一點，其實我以前騎著腳踏車被手中這位理子小姐追殺的那一天，就已經有在想了說。

「那麼，首先就讓我用一顆炸裂彈炸翻裝甲車，接著對你們這三個人開洞。孫悟空就交給蕾姬了。」

亞莉亞將武偵彈直接從拋彈殼孔裝入Government，進入「全部處刑模式」。

我對她的態度不禁苦笑一下，同時……

用視線警告一臉不爽的孫。

蕾姬會使用紅外線瞄準器，是很稀奇的一件事。

她會那樣做，就代表背後隱藏了什麼訊息。

蕾姬她……通常都會在沒有事先警告敵人的狀況下，就直接開槍射擊。而且從她之前在台場攻擊佩特拉的時候就可以知道，如果對手也同樣擁有狙擊能力，她就會瞄準對方的**眉間**。

我雖然曾經告誡過她『不要那麼做』……可是她當時卻用很符合她個性的理論，反駁我『人類就算心臟被槍射中，在極少數的情況下也有可能反射性地做出反擊』這樣一句牛頭不對馬嘴的話。

然而，剛才她的紅外線瞄準器，卻是瞄準孫的胸口中央。

正是我之前告訴過蕾姬，GⅢ被攻擊的位置。

換句話說——這應該是她的一種宣言，表示『我可以同樣用孫對GⅢ做過的事情回敬妳』的意思。

好啦，孫，這下妳要怎麼辦？

孫雖然有辦法左閃右閃地躲過子彈，甚至可以用牙齒咬住子彈。

然而，那前提是對手使用手槍的狀況。

蕾姬是一名狙擊手。她現在是躲在香港無數的高樓大廈之中，無數的窗口之一，瞄準著孫。要現在立刻把她找出來，並打敗她，並不是一件實際的想法。

雖然之前蕾姬本人還有GⅢ都做過，在遇到好幾公里單位的超長距離狙擊時，確實也有可能『在開槍之後到中彈之前做出對應』啦。不過現在既然可以看到紅外線瞄準器的光點，就明顯可以知道，狙擊手與目標之間並沒有那麼長的距離。

而且用不著亞莉亞提醒，既然孫身上穿的是名古屋武偵女子高中的防彈水手服……想必蕾姬使用的子彈也會是可以貫穿防彈衣的裝甲貫通彈吧？畢竟在上個月，因為規制緩和的關係，那類型的子彈已經解禁了啊。

（如果換做我是孫——）

正如我心中這樣的預測……

「——你們那麼想見識嗎？好，就讓你們見識一下。」

在孫的頭上，金色的微粒子開始旋轉起來了。

是金箍咒。孫打算使用雷射光啊。

她發出紅光的眼睛，對準了亞莉亞。

而且在撒拉森的方向，彷彿是對亞莉亞的登場做出回應似地，有兩名昭昭爬出車艙——

其中一個人在車上把身體縮起來，代替三腳架，另一個人則拿出單發式火箭筒，架在上面。那是中國軍的85式火箭砲——是可以發射最高秒速372m子彈的地對地火箭炮。我說人民解放軍的大爺們啊，為什麼你們會讓那種玩意流放出來啦？

昭昭們瞄準的，是我、白雪與理子。

雖然這次是長距離下，不過同樣也是複數射擊線的狀況。彼此的槍口都瞄準自己的對手，讓所有人都變得動彈不得。讓我不禁回想起在鏡高組跟那群黑道們對峙的場面啊。

（我跟孫，命運中的第三回合……要開始了嗎……？）

就在我心一橫，準備做出對應的時候——

「……？」

從大樓窗戶與樹上觀看著我們戰鬥的香港市民中，有多少百分比的人……「唰！唰！」地做出敬禮的動作。還有人趕緊原地跪下，甚至直接五體投地呢。

接著，噠！噠！噠！噠——

從遠處漸漸傳來很不符合場面的蹄鐵聲。

快速奔上高速公路的是……

呃……我是不是……眼花了啊？

「馬、馬兒先生？」

在一旁的白雪也如此說道。看來不是我眼花了。那確實是一匹白馬。

而騎在白馬背上的人影，穿著刺繡鮮豔的漢族文官宮廷服……

——是諸葛靜幻。

藍幫的大使啊。

「……呿！無聊的傢伙來了。」

就在孫咂著舌頭的時候，白馬從快步奔馳漸漸放慢速度行走——瀟灑地通過昭昭她們面前，在撒拉森與 DeVille 之間停下了腳步。

身材削瘦——好像比上次看到時還要瘦——的諸葛，露出做作的笑臉對我們行了一個禮後，讓馬轉向昭昭她們的方向。

接著，他那副圓框眼鏡底下的瞇瞇眼保持著微笑……

「捉迷藏的時間已經結束了，曹操。」

拿起一把顏色鮮豔的羽扇指向昭昭她們，用憤怒的聲音如此說道。

他那是……明明臉上在笑，其實卻是在生氣嗎？

雖然有一部分原因是他眼睛實在太小，讓人很難判讀表情，不過在某種意義上，也可以算是撲克臉呢。

「那傢伙身上沒有佩帶武器呀。硬要說的話，就只有馬而已。」

理子瞬間看穿這一點，並且用只有我能聽到的聲量小聲告訴了我。

而我的判斷也是一樣。諸葛是赤手空拳，只騎著一匹馬就趕到現場來的。

如果真是這樣……那傢伙絕對隱藏了什麼力量。

我原本還在考慮要把他抓為人質，但看來還是住手為妙吧？

話說回來，周圍到處在對諸葛敬禮的那些人……全都是藍幫成員嗎？還真誇張啊。

另外……

「……」

昭昭她們臉上也露出像惡作劇被抓到的小鬼一樣的表情，從裝甲車上走下來了。

看來諸葛在藍幫中是個相當有地位的人物。

看出現場氣氛的亞莉亞，把槍口轉向上方。孫也撤銷了雷射攻擊。

藍幫與巴斯克維爾小隊——

原本一觸即發的全面戰爭，看來是暫時被抑制下來了。

「妳們四姊妹現在的使命並非戰鬥。妳們的行為雖然並沒有違反極東戰役的規則，但有悖於藍幫的決議。擅自將孫帶出來、對巴斯克維爾做出攻擊的事情，是一項重罪。要不要我正式向上海本部報告啊？」

說到這邊，諸葛嘆了一口氣——

「妳們的階級將會再度被調降。想要再爬上來的話，可是需要花上一大筆金錢喔？哎呀，雖然這也取決於我的報告啦……」

接著，很無奈地搖了搖頭。

被他斥責的昭昭們則是……

「白～痴！」「告狀鬼！」「臭宦官！」「死腦筋！」

紛紛對諸葛破口大罵，「碰！碰！」地用力踹著撒拉森。

雖然她們看起來非常生氣……但是並沒有向諸葛反抗，頂多只是在宣洩自己的不甘心而已。

理子之前在ＩＣＣ大廈的ＯＺＯＮＥ說過……

藍幫是一個採用順位與階級制度的組織，同時也是可以用金錢購買組織地位的金權組織。

昭昭們之前劫持新幹線的時候，也有打算向日本政府勒索贖金；而她們想要把我跟亞莉亞綁架到中國，似乎也是打算把我們當成她們的部下，靠參與戰爭大賺一筆的樣子。

在組織內部那樣的權力鬥爭遊戲中——

諸葛的地位看來是比昭昭她們還要高的樣子。

而照眼前的狀況看起來，昭昭們似乎對於那樣的上下關係感到很不是滋味呢。

（諸葛亮孔明在赤壁大破過曹操孟德……而到了現代，諸葛依然凌駕於曹操之上的意思嗎？）

雖然巴斯克維爾小隊也沒資格說別人啦……但不知道該說是「出乎預料」還是「果然如此」，藍幫對組織內部的統管似乎並不順利的樣子。

或許這也是因為成員人數太多的關係。看在旁人眼中，他們實在稱不上是上下齊心啊。

而目前在現場的派系，就是鷹派的昭昭、鴿派的諸葛，以及被夾在中間的猴／孫是嗎？

「孫，妳也沒意見吧？該是休息的時間了。」

諸葛說著……從懷中拿出一把埃及風格的小鑰匙。

孫看到那把鑰匙後……

「哼！我雖然跟曹操是挺合得來的，可是我實在看你這傢伙很不順眼呀。」

也不考慮自己穿的是一條超級迷你裙，就當場盤腿坐在地上了。

……超強的啊，這個諸葛靜幻——

竟然只靠話語，就收拾了整個場面。

雖然我想那是因為他的地位較高才辦得到這種事……不過在言詞中稍微提到金錢問題的手法，確實很高竿。

另外，先讓昭昭她們閉嘴，接著再處理跟昭昭關係友好的孫，這招也很聰明。

最後，就是殺手鐧的那把鑰匙。

從外觀上看來，那應該就是所謂的『佩特拉之鑰』吧？比我想像中的還要小呢。

「——遠山金次先生。」

諸葛叫了我一聲後……輕飄飄地下馬，將左右兩手分別攏進另一邊的衣袖中，對我恭敬地行了一個禮。

嗯……這男人的行動總是這麼注重禮節啊。

「猴有向我轉告過您的談和案了。我大致上也同意您的意見。畢竟跟您們巴斯克維爾進行正面衝突的話，經費成本會相當高啊。」

聽到諸葛的發言，並沒有聽我提過談和案的亞莉亞當場露出訝異的表情看向我。

「另外——我聽說遠山先生跟北角的居民們感情相當不錯。我個人也很不希望將不相關的人牽扯進來。畢竟這也是極東戰役的理念。」

諸葛把原本就已經很細的雙眼又瞇得更細，始終保持著笑臉對我們說著。

他那友善的表現……雖然感覺不差。但是根據我的經驗，這種類型的人總是笑裡藏刀啊。小夜鳴徹就是一個最好的例子了。

而且他剛才的發言，也可以解釋成他把這裡的居民們當成人質的意思。

「我想你應該有聽猴說過，如果交涉失敗——到時候就是決戰了。不過……哎呀，這件事你似乎也已經知道了，北角的居民們對我有恩。所以不管怎麼說，我們先換個場地吧。」

「不想連累北角的居民們」這一點確實是我的真心話，不過——

其實還有另一個原因，就是在我身體的中心、中央，血流隨著時間經過而越來越微弱了。

既然已經快到時限，現在繼續戰鬥應該會很不利吧。

「那當然。畢竟站著講話也很難進行什麼交涉啊。」

諸葛深深點了一下頭後……

「因此，就讓本人招待巴斯克維爾的各位，到香港藍幫的大本營——藍幫城吧。」

我從很早之前就已經得知各位來訪香港的事情，所以也早已做好恭迎諸位貴賓的準備了。」

「……我看起來有笨到會傻傻進入敵人的大本營中嗎？」

「正所謂『不入虎穴，焉得虎子』啊，遠山先生。而且對於昭昭們做出的各種無禮行為，本人也希望可以向諸位賠個不是。」

「太棒啦～！是藍幫城呢～！欽欽，我們去嘛！」

伊・U時代曾經去過藍幫城的理子，穿著金色內衣高呼萬歲。

「理子好喜歡那個地方呀！藍幫城！藍幫城！萬歲～！萬歲喵～！」

依然處於爆發模式下的我很清楚……

理子這個態度是刻意裝出來的。

她的言下之意是。這是前往所在地不明的敵人據點的好機會呀。

「務必請諸位大駕光臨。還是說，各位希望我行三顧茅廬之禮呢？」

「你還真會開玩笑啊。那不是你的老祖先對劉備玄德做過的事情嗎？」

敵人的大本營是嗎……

確實，就算我們現在各自撤退，也解決不了問題。

雖然我沒辦法現在立刻信任諸葛，不過他也表示希望跟我們進行交涉了。

而且現在在巴斯克維爾小隊是全員到齊的狀態。

就算感到狀況不妙，應該也至少能協力逃出來吧？

另外……

諸葛面對這場騷動，竟然單槍匹馬、赤手空拳就闖進來了。

想必他現在依然藏有一手才對。

我想我們還是不要輕易招惹他比較好。

「……好，我就接受你的邀請。大家也沒意見吧？」

聽到我這麼說，理子當場開心地撲到我身上，白雪也為了與她對抗而抱住我、點點頭。

將雙槍轉兩圈、收入裙下槍套中的亞莉亞，看起來也沒有意見的樣子。

她接著邁大步伐，走到我面前……

「我是沒意見啦。話說，金次，你還真幸福呀！左擁右抱的！」

碰！碰碰！

一腳踹在我的胸口上，順勢一蹬，再補一腳……！

用幾乎要把我從高速公路上踹下去的力道，狠狠踢了我兩腳。

要不是白雪跟理子拉住我，我現在早就掉下去啦！

「妳在對小金做什麼！男性喜歡的是大胸部呀！」

「就是說嘛！不要因為自己沒有胸部就惱羞成怒呀，亞莉亞！」

「妳們在說什麼啦！現在不管怎麼想都跟胸部沒關咕嗚啊！」

亞莉亞的話還沒說到最後就發出慘叫，是因為白雪跟理子把手牽在一起，對她使出雙人十字鎖喉的關係。

看到亞莉亞「磅！」一聲用相當危險的角度讓後腦杓撞在路面上，昭昭與孫都不禁露出『呃……那個看起來手下完全不留情的同伴內訌，就是巴斯克維爾小隊的日常風景嗎？』的僵硬表情。沒錯，就是那麼一回事。真是不好意思啊，我們就是這樣的小隊。

「哎呀~話說回來，能夠同時招待臥龍鳳雛，本人真是深感榮幸啊。」

只有諸葛依舊保持微笑，對我們剛才的這場內訌當作沒看到了……

「什麼握隆奉廚……那是誰啦？」

「就是『沉眠中的龍』與『鳳凰的雛鳥』。是香港警務處（ＨＫＰＦ）對遠山先生與亞莉亞小姐取的綽號啊。」

在睡覺的龍與小鳥狀態的鳳凰……

總覺得好像形容得有那麼幾分貼切呢。

話說……

「原來我們有被香港警方盯上啊？」

「是的。畢竟在警察內部，也有相當多藍幫的會友。」

難怪昭昭可以在光天化日之下坐著香港警察的裝甲車登場啊。

真是個了不起的組織，「會員一百萬人」不是叫假的。

「在香港武偵局內部，也有將兩位列在『準二等警戒人物名單』中。兩位在那邊的稱號，似乎是Enable跟Quadler的樣子。畢竟諸位也確實展現出能與孫平分秋色的戰鬥能力……我想各位今後一定會成為著名人物，讓這塊土地上的人們永遠記得您們的名字吧？」

聽到諸葛說著這些我根本不想聽到的話，我忍不住沮喪地垂下了肩膀……

而一副若無其事地復活的亞莉亞則是……

「你在沮喪個什麼勁啦，金次。『跟不是人類的對手交戰，讓社會認定為危險人物』這種小事，事到如今根本不算什麼吧？」

她似乎還在記恨我跟她在ＯＺＯＮＥ的那場大吵架，而對我冷嘲熱諷。

啊啊……

不只是日本（主要是因為我自己）、英國（因為亞莉亞）跟美國（因為ＧⅢ）而已，居然連香港政府都盯上我啦。這下我沒資格取笑蘭豹了。

諸葛走近沮喪的我面前，不知道是對什麼事情感到有趣，而探出他那張笑咪咪的臉看向我。

「……話說回來，請問我可以問您一個問題嗎？」

他的眼神看起來就像見到從日本來訪的藝人一樣，充滿興趣。

「說到底，請問您究竟是何方神聖啊？」

那是什麼問法啦？這傢伙的本性還真是有夠失禮。

於是我把視線從諸葛身上移開，整理了一下外套的衣領，隨口回答。

「——只是在一間成績較差、個性較野蠻的學校中就讀的普通高中生啦。」

我還真希望我講的是事實啊。受不了。

2彈　藍幫城

將DeVille與Z8的善後工作交給藍幫之後——

我們一行人決定分批坐上前來迎接的兩臺福斯林肯高級禮車。

意外地躲在附近一棟四樓公寓屋頂上的蕾姬，也撥開垂掛在一樓餐廳的北京烤鴨走出來……

而根據亞莉亞大人『不可以讓白雪跟理子接近金次』的命令，最後是蕾姬跟我與諸葛同乘第一輛車了。

諸葛遵循「女士優先」的道理，先讓蕾姬上車，接著輪到我。我們就這樣被招待到有著寬敞L字型椅子的車內VIP座位上。

（雖然跟原本預定的流程有很大的不同……）

不過這下我們總算可以進入所在地不明的藍幫城內了。

在閃閃發亮的香檳冰桶中，插著伯蘭爵（Bollinger）與唐培里儂（Dom Pérignon）等等的高級香檳。不過對於不喝酒的我跟蕾姬來說，香檳的價值比水都不如。

大概是從表情上立刻看出了我的想法——

「哎呀，您就當作是一種營造氣氛吧。」

後來上車的諸葛坐到末座後，拿出威爾金森（Wilkinson）的紅薑汽水，倒入香檳杯中。

接著，他從同一個瓶子中倒了一杯給自己，杯子也放在桌上讓人可以隨意選擇的位置上。

這動作……在武偵界來說，是最謙遜的行為之一。

畢竟通常來說，武偵要倒飲料給敵對對手喝的時候，都會露出『你在怕我下毒嗎？』的表情才對。

確實感到口渴的我，拿起杯子喝了一口後，對外觀上看起來很弱的諸葛提出我很在意的問題。

「話說，你究竟是擁有什麼樣的戰鬥能力？既然能夠毫不畏懼地只騎著一匹馬出現在那種場面上，可見你應該有什麼超能力吧？」

結果諸葛也拿起杯子喝了一口，並若無其事地回答我。

「不，本人並沒有什麼能力。剛才如果被您毆打的話，我應該就會當場昏倒而被您抓住了吧。」

嗯……太奇怪了。他感覺好像沒有在說謊啊。

看到我臉上的表情，諸葛又接著說道。

「我之所以會選擇那樣的登場方式，目的就是『讓對手以為我藏有一手』。畢竟要是我不那麼做，姑且不論藍幫這邊——但您們那邊的諸位感覺是不會收手的啊。」

「……」

也就是說，我剛才的停戰判斷——

完全是被對方擺了一道的意思。

明明是出手就能獲勝的局面，卻被這傢伙巧妙地避開了。

諸葛——這個傢伙……

（竟然把爆發模式下的我……成功騙過去了。）

只靠他那張撲克臉，以及智謀。

這男的，果然有兩把刷子。

雖然我沒有對他過剩評價的意思，不過他的腦袋搞不好有夏洛克等級也不一定。

而且加奈以前也有說過。

拿槍掃射來收拾局面，其實是很簡單的一件事。

真正困難而有價值的，是一槍也不開就鎮壓對手的砲火。

而諸葛確實辦到了這一點。就在我們的眼前。可是卻不因此感到自傲。

看來這傢伙也是……跟我至今遇過的敵人不同類型啊。

「……你剛剛對昭昭她們說過，『戰鬥不是她們的任務』。那麼她們現在本來的工作又是什麼？」

「因為我們聽到了一點風聲，而她們原本的任務，應該是招待遠山先生才對。」

「啥？可是她們對我做出的是完全相反的事情啊。」

「真是非常抱歉。」

諸葛竟然老實地對我點頭道歉了。

真是讓人不知道該怎麼對應。

「不過，我會繼續讓她們模仿亞莉亞小姐的髮型。這也是為了遠山先生。」

聽到諸葛說著這番莫名其妙的話，蕾姬忽然狠狠地瞥眼瞪了我一下。

為什麼要對我生氣啦？蕾姬，妳也搞錯對象了吧？

「另外，她們也負責監督孫的行動，不過我決定解除她們這項任務了。孫與昭昭在一起的時候，雖然可以很順利地發揮她的實力……不過雙方太過要好，也是一個問題。」

原來如此。

所以昭昭跟猴・孫才會經常組在一起行動啊。

不過這項任務也已經被解除……

「我也很希望你能這麼做啊。拜託你別再讓昭昭跟孫在一起了。」

於是我有點在訴苦地如此說道。

看來諸葛這個人，為了控制住容易失控的藍幫，也很辛苦的樣子。身為巴斯克維爾小隊的隊長，這一點讓我感到有點同情他呢。

就現況來判斷，這傢伙應該就是香港藍幫的頭頭了。讓沒有戰鬥能力的文官擔任首領的武鬥派組織其實並不稀奇。通常如果組織成員太過粗暴的話，負責居中協調的人就會為了自淨作用而站在領導的位置。

而如果讓這樣腦袋靈光的傢伙來負責領導，整個組織的感覺就會完全不一樣了。

畢竟不管集結了多少豪傑，要是沒有聰明的參謀，就會變成一群烏合之眾。對一個武裝集團來說，『有沒有一名腦袋聰明的傢伙』是一件非常重要的事情。像夏洛克帶領的伊・U，就曾經讓世界各國傷透腦筋了。

老實講，對於腦袋沒什麼自信的我來說——

諸葛是我不太想要敵對的類型。

總覺得他是個貨真價實的策士、名參謀。

雖然我方也有一名自稱策士的貞德，但那傢伙是個連自己心中都搞不清楚自己是偷偷摸摸還是堂堂正正的不良品啊。

因此，我對這位諸葛靜幻的評價，可以說是相當高。不過……

（這傢伙……）

靠著已經結束的爆發模式，最後殘存的一丁點觀察力，讓我隱約發現了一件事情。

像現在這樣就近觀察，也可以確認得到。雖然詳細的狀況我還不清楚啦。

不過，要是讓他發現我有注意到這一點，也很麻煩。

畢竟這不是什麼可以輕率發言的話題。

因此，我隨便提出了一件無關緊要的話。

「話說回來，你日文講得還真好啊。你跟日本黑道來往很久了嗎？」

而諸葛也很輕鬆地回應我。

「是的。另外，藍幫與伊．U之間的通商也有很長一段歷史，因此幫內也有不少人會講那艘艦上做為共通語言的日文與德文。您聽昭昭不是也會講簡易日文——也就是協和語（註2）嗎？像『什麼什麼呢』或是『什麼什麼的有』之類的。」

他一邊喝著飲料，一邊俏皮地模仿了一下昭昭的語調。

香港島的西部多半是過於陡峭而無法建造房子的土地，因此保留了相當多的自然景觀。從高級轎車的大車窗看出去的景色也非常不錯。

感覺就像什麼度假勝地一樣。拿東京周邊來比喻的話，大概就像熱海那樣吧。

註2　協和語是日本過去協助建立滿洲國後，發展出來的一種結合漢語跟日語文法的混合語言。在本作品中，昭昭使用的日文即為協和語。但翻譯成中文時為了不影響閱讀，僅用「不流利的中文」來表示。

我們的車子悠哉得像在閒逛似地周遊了一圈，到太陽快要下山的時候——總算來到了一處叫「深灣遊艇會」的遊艇港口。

在車上，諸葛向我們說明了之前理子在OZONE也提過的事情，也就是藍幫的起源是海賊。

因為這樣的影響，藍幫城自古以來都是漂浮在海上的。

不過，那似乎並不是什麼船隻，而是像浮體構造物的東西。也就是類似武偵高中的學園島——人工浮島的小型版。

我們從停滿賽艇與遊艇的碼頭上，被招待到一艘內裝像飯店房間的小型遊艇中……

接著從港口出發後，沒過多久……

「看到了看到了！是藍幫城呢～！呀喝～！」

我們被興奮大叫的理子拉到甲板上。

然後……

「嗚喔！」「那、那是什麼呀？看起來好像有點厲害呢。」「哇～好華麗呦～」「對吧對吧！裡面更漂亮喔！」「……」

我、亞莉亞、白雪、蕾姬與理子，分別三人傻眼、一人興奮、一人沒反應地，眺望著那座豪華燦爛的海上建築物。

從目測看來，藍幫城長約兩百公尺、寬約五十公尺，是一座雄偉地浮在海面上的三層樓巨大建築。

藍色的屋瓦；優雅彎曲的梁脊上有取代日本鯱鉾的耀眼金色中國龍；以朱紅色為底色的外牆上，有著淡青綠色、白色以及又是金色的裝飾，而且到處可以見到龍、虎、龜與鳳凰的美麗雕飾。

巨大的城堡，本身就像一件精美的藝術品一樣。

這應該連隨便找來的世界遺產都會感到望塵莫及吧？

「真有錢啊……」

即使是自認在日本已經看慣厲害東西的我，出了日本看到這樣的「厲害」程度，也只能脫口說出這種像小學生一樣的感想了。

我根本無法估計，要在海上建造出這樣的玩意，究竟要花上多少銀子。

藍幫到底是多有錢啦？

而且這座城堡，明明是一群無法之徒的巢穴，卻完全沒有要隱藏起來的打算。

在它周圍甚至可以看到民間私人的船隻、四角帆的中國帆船與海上警察的警備艇呢。

雖然在構造上似乎可以靠拖船牽引，不過靠近一看，就能看到浸水處長滿了海藻，可見這座城平常都是停泊在原處的。還真是天不怕地不怕啊。

無法之徒這樣的行為模式，以日本的尺度來考量，根本是無法想像的一件事。

遊艇載著我們來到藍幫城的正面玄關後……

「來，請入城吧。」

隨著諸葛的聲音，從裝飾在入口左右兩側的中國龍雕像後面，浩浩蕩蕩地出現了一群身穿旗袍的女孩子們。

她們面露笑容，牽著我們的手，讓我們走下遊艇。

亞莉亞的那臺滯空裙甲……ＹＨＳ／０１，也像對待易碎物品一樣慎重地被搬到城內。

因為藍幫城相當巨大的關係，站在上面完全感受不到隨波晃盪的感覺。

「……」

從外觀上可以推斷——

這座海上城堡似乎沒辦法進行高速移動，而且也抵擋不了波浪。如果海面沒有平靜到一個程度，應該是沒辦法到遠海才對。因此暫時不用擔心被綁架了。

另外，整棟建築物看起來到處都是窗戶跟門，隨便都可以找到出口出去。

我想就算我們進去，應該也沒問題吧？

我表現出這樣毫不畏懼的態度，走進玄關大廳——

接著大家也跟了進來。

在天花板與牆上到處都是象牙、翡翠與珊瑚雕飾的大廳中……

「大家好呀～！好久好久不見～！上次見面應該是我還在伊．U的時候吧～！」

理子表現出一副熟悉的樣子，跟藍幫的女孩子們開心說笑著。

似乎也很受對方歡迎的理子，被大家拱得相當心滿意足。

這傢伙還真的是……很習慣跟壞人打交道啊。

藍幫基本上算是我們的敵人，是惡棍喔？

雖然我心中是這麼想，不過畢竟理子原本也是個怪盜＝惡棍，所以這景象說自然也是非常自然啦。

而且理子應該是那個吧？就算我們忽然被對方抓去，她也有自信至少自己一個人可以安然脫逃才對。

畢竟她是個連我跟亞莉亞都無法抓到的逃亡達人啊。

我原本還以為理子是為了找出藍幫城的所在地，才會故意慫恿我們來到這裡的。

但是……

現在這情況看來，她根本只是想要來這裡玩而已嘛。

「好～！理理今天要大喝一場啦～！」

……唉……

她已經一手抓著火龍果，一手拿起不知道是什麼玩意的迎賓飲料，大吃大喝起來。

那傢伙已經不行了。完全落入敵人手中啦。還是把她排除在戰力之外吧。

但是，不用著急。

還有亞莉亞、白雪、蕾姬跟我在啊。

我們就好好振作，跟對手進行交涉吧。

我這樣想著，朝稍晚才抵達的昭昭與孫的遊艇銳利地瞥了一眼。

我們接著被招待到可以眺望維多利亞港夕陽風景的二樓貴賓室——

（……嗚喔……）

大理石地板上鋪著繡有花紋的紅地毯，圓柱上纏繞著華麗的黃金龍裝飾，裝有鏡子的牆壁上則是一層又一層的朱紅色雕飾……

因為實在太耀眼了，讓我的視線忍不住逃向頭頂，結果竟然看到天花板上也有鳳凰形狀的吊燈，下面還垂吊著紅色的繩結裝飾。

「這群傢伙到底是有多喜歡紅色跟金色啦……」

「聽說在中國，紅色象徵健康運、金色象徵財運，都是幸運顏色呢……」

聽到我的嘀咕，在一旁的白雪也不禁露出苦笑。

這麼華麗的排場，反而讓人靜不下來啊。尤其是對我們這些日本人來說。而且這房間又莫名地寬敞。

不過，蕾姬似乎並沒有什麼感覺，一個人坐在牆邊一把像御座一樣的椅子上，化為雕像了。

而理子小姐到了這邊……

「嘿呀～！」

依舊非常興奮地跳到一張幾乎可以睡下十個人的天棚大床上，用頭撲打著軟綿綿的羽絨枕頭。我看妳乾脆就住在這裡算啦。

英國出身的亞莉亞則是──

「這房間是不錯啦，但是沒有擺聖誕樹讓人有點想詬病呢。」

把雙手交抱在胸前，一副理所當然地坐到御座風格的椅子上。與蕾姬湊在一起，看起來就像女兒節人偶的天皇與皇后一樣。不過是中國風的。

「什麼聖誕樹，一點都不適合這間房間吧？」

「這不是適不適合的問題呀。金次，你快去弄一棵聖誕樹過來啦。後天就是聖誕節了喔？」

還真是講究啊。

「拜託妳看一下吧，這裡可是徹底的中國房間。要是擺了那種東西，不就看起來一片混沌……」

「──Hum?」

不妙。這是亞莉亞大人生氣時會發出來的聲音啊。

要是讓小鬼頭生氣，會給周遭的人帶來困擾的。我要想想辦法才行。

我可是化不可能為可能的男人。等一下就用摺紙之類的玩意呼攏過去吧。

「我……我去偵查一下。畢竟偵查行動是武偵的基礎啊。」

我使出唯獨面對亞莉亞時能夠發揮的理子等級迴避術，隨便找了一個藉口後，趕緊打開身旁的門，來到陽臺上。

畢竟繼續待在心情不好的亞莉亞的視線範圍內，也一點都不會有好事啊。

然後……我剛才在海上也有確認過，這個位於二樓的陽臺，其實是一條環繞藍幫城外圍的迴廊。確實是很適合拿來進行偵查的路線。

——或許是為了在夏天的時候遮擋陽光，陽臺的屋簷相當突出。

我為了保險起見，解除手槍的安全裝置後，走在那大片屋簷底下……

結果從窗戶看到其他房間，明白了這地方與其說是戰鬥據點，還不如說是為了收藏金銀財寶的美術館。

（理子以前說過，藍幫與伊・U之間有感到共鳴的地方……）

確實，這地方跟伊・U有那麼一點相似。

有點像是中華版、海上版的伊・U啊。不過相對於外觀的華麗絢爛，在構造上不知道該說是太隨便或是太老舊，感覺好像經歷過好幾次的增建改裝。木造的部分也很多。

（比起伊・U還要有日常的感覺，或者應該說是更踏實啊。）

就在我歸納著心中的印象時，我來到了迴廊當中的一部分……

像是水果植物園的地方。

在那裡可以見到幾位把頭髮結成團子、似乎是園藝師的女孩子。不過看起來都像是非戰鬥人員。

或許她們多少會一點武術，但幾乎所有人都感覺像門外漢。全身到處都是破綻。

這是代表只要有貨真價實的戰鬥人員——

——只要有昭昭跟孫，在戰力上就不需要感到不安的意思嗎？

「我回來了。」

我在屋外迴廊繞了一圈，回到貴賓室後——

……？

房間裡竟然有四名仙、仙女……為什麼啊！看起來好有神聖的感覺……！

我趕緊揉一揉眼睛，再看一眼，發現原來就是亞莉亞她們。

至於為什麼我會把一點都不神聖的四名武裝女孩看成是什麼仙女，那是因為她們——身上竟然都穿著華麗的中國民族衣裳啊。

蕾姬依然保持著剛才的姿勢，坐在跟剛才同一張椅子上。不過身上的衣服卻換成了一套翡翠綠色的絹衣，看起來就像中國古代劇中會登場的高貴人家子女，感覺第一人稱會用『朕』一樣。畢竟她下半身穿的是褲子，頭上的耳機又拿下來了。

「呀喝～欽欽！你看你看！是藍幫的人幫大家Cos的喔～！」

做作地用像個女孩子的內八跑法跑過來、「呀哈哈」地笑著的理子——身上穿著一套華麗的藍色旗袍。

實在是……有夠適合她的。

以前我一點也不想聽，卻被武藤強迫聽過的那句妄言：『金髮女孩意外地很適合穿旗袍』，原來是真的啊。

相對地，擁有「黑長髮」這種髮型、與旗袍的適合度很高的白雪則是……

「啊！啊啊！小金！我還沒有穿好呀……！」

延伸至腰上的開叉因為金色繩子還沒有綁好的關係，讓她身上那件旗袍顯得有點凌亂。

從小腿肚到大腿，從側面的開叉縫隙間露出來的雪白嫩肌實在太耀眼了。

話說，在大腿上方若隱若現的白色布料……從位置上來判斷，應該就是……！

正當我差點就要爆發的時候……

「痛、痛痛痛！」

「你幹麼在人家換衣服的時候大搖大擺地跑回來啦！」

同樣穿著中國風角色扮演服的亞莉亞，忽然用力扯了一下我的耳朵。

她身上的那套中國服，如果用一句話簡單形容，就是像個殭屍。跟昭昭她們一樣，是清朝滿洲族的官衣。顏色是粉紅色，從頭上的帽子到腳下的布鞋，一整套服裝都換穿完畢了。

雖、雖然是很可愛啦。雖然大家看起來都很漂亮啦。但是……

「我、我才想問哩！妳們怎麼會把敵人給的東西穿在身上啦！我們可不是來這邊玩的，是來進行交涉的啊！妳們未免太沒有警戒心了吧？防彈制服到哪裡去了！」

聽到我一句接著一句地責備後……

「因為制服在戰鬥中髒掉了嘛。他們說會幫我們洗乾淨呀。」

中華亞莉亞把頭一扭，進入反抗模式了。頭上的雙馬尾還只有前端被綁成了辮子。

「而且最先換上衣服的人是理子呀！她不只是自己穿上而已，還幫蕾姬也換上衣服了呢！」

她甚至還把責任轉嫁給理子。

亞莉亞這傢伙，真的是像個小鬼一樣……不管過了多久！

「是小雪一開始先說什麼『哇～好棒的絹布呢』，然後去摸衣服的！」

被亞莉亞指控的小鬼2號——理子，立刻又把責任轉嫁給白雪。

「亞、亞莉亞才是穿得最開心的人呀！她還說什麼『我早就想穿一次看看了』！」

就連白雪也是，毫不猶豫地把矛頭又指回亞莉亞身上。

話說，就是因為她伸手指向亞莉亞的關係，讓她開叉底下的內褲又隱約露出來啦……！

「白、白雪也是！在找藉口之前，先把衣服穿好啦！」

「不對！是你先給我出去啦！」

碰！

亞莉亞使出「原地跳起後雙腳飛踢」的巴流術怪招把我踢飛，害我差點被刺在一尊拿著寶玉的中國龍雕像上——

「嘿呀——！」

結果白雪奮不顧身地跳過來抱住我，讓兩個人一起滾倒在地板上，救了我一命。

不過也正因為這個行動，讓白雪身上的旗袍變得更加凌亂……

她那又長又柔軟的腿部完完全全露了出來——而我預先就猜到了這件事情，趕緊把臉趴在地上，防止自己進入爆發模式。

從亞莉亞跟理子「哇～哇～！」地為了白雪下半身的慘狀而喧鬧起來的聲音也可以知道，我在千鈞一髮之際避開了這場突如其來的爆發性危機了。

相對地，白雪則是……

「不……不可以啦，小金，大家都在看呢……不過，如果小金大人喜歡被人看的話……我也、沒關係呦……反正都是女孩子……我也想炫耀一下。」

保持著從背後抱住我的姿勢，小聲呢喃著我完全聽不懂的話。

接著，亞莉亞與理子分別抓住白雪的左右兩腳，把她用力拖走，好不容易才讓她跟我分離了。

「妳、妳們夠了……要換衣服還是什麼都隨便妳們！我不管啦！」

我步履蹣跚地想要趕緊退出房間。可是……

「欽欽，用這塊牆當背景，幫我們拍張紀念照嘛！來，女生們到這邊來排排站！」

理子忽然把她那貼滿水鑽的手機遞到我手上。

我轉頭一看，發現那四個人竟然在不知不覺間就把衣服穿好，還排在一起對著我擺出拍照姿勢。

該死。妳們這些人完全就是觀光客了嘛！

我要不要乾脆把這手機從窗戶丟到海裡算了？

太陽下山後，過了一段時間……

我們在諸葛的招待下，來到位於一樓的大食堂，一邊觀賞著大到幾乎可以塞進一個人的青瓷甕，以及掛在牆上各式各樣的中國劍等等裝飾品，一邊走向一張塗了紅漆的圓桌。

接著，綁著包包頭、身穿旗袍裝的女僕們端到桌上的是——

——出現啦，滿漢全席。

就是可以享受到傳遍中國的美食、可說是最為奢侈的菜單。

各式山珍海味一道接著一道地被端到桌上，每一道菜看起來都相當費工夫，味道聞起來也非常美味的樣子。

或許是因為諸葛有特別指示的關係，不合日本人胃口的東西也全都被剔除了。從這一點也可以窺見對方相當高的招待精神。

然而……我在來香港之前就一直很想嘗嘗看的……

（拉麵、沒有在裡面……！）

這代表那東西實在太平民化、太平凡的意思嗎？就像日本的宴會料理中通常不會出現牛丼一樣。

我真的很想嘗嘗看啊，中國道地的拉麵。

正當我同樣抱著觀光客的心情看著料理時，一旁的亞莉亞「唰！」一聲拍響絹布官衣的袖子，把雙手交抱在胸前。

接著，銳利地豎起眉毛，瞪向坐到桌前的諸葛。

「——這裡面該不會有毒吧？我可是很懷疑你們的喔。」

妳穿成那個打扮還有資格說啊？

「那麼要不要我派個手下負責試毒呢？雖然這樣各位能吃到的分量就會減少了……」

圓框眼鏡被魚翅湯的蒸氣弄得都是霧的諸葛，依舊保持著微笑，提出這項建議後──

「那當然了。你先吃一口我指定的東西，然後呼嚕嘩呼呼呼。」

亞莉亞後半段的發言之所以會變得讓人聽不懂，是因為她無意識間就抓起眼前的桃饅塞到嘴裡說話的關係。

唉……

看看她這副言行不一的德行。

（亞莉亞也被攻陷啦……）

藍幫似乎早就知道亞莉亞喜歡吃的東西，而端出了一大盤堆成金字塔的桃饅。

以前亞莉亞夢寐以求的桃饅金字塔，沒想到竟然在香港實現了。

一口接著一口把桃饅金字塔解決掉的亞莉亞，接著把目標轉向後來被端出來的「桃饅聖代」這種東西方融合的甜點。緊接著又把後來的桃饅麵、桃饅粥、桃饅饅（？）等等教人感到恐懼，或者應該說是莫名其妙的料理全都吸進肚子裡了。簡直就像星之卡比啊，畢竟顏色也是粉紅色的。

而在另一邊，白雪也拿起筷子，很有氣質地享用著一道像羹麵的料理……

「好、好美味……！小金，下次我也做這個給你吃喔！呃，我可以請教一下這料理的做法嗎？」

像是在參加料理教室一樣，對負責翻譯的少女如此詢問。

（……白雪也被美食攻陷啦……）

理子就更不用說了。

至於最後能夠依靠的蕾姬，雖然一開始都坐在位子上，「……」地露出宛如人偶般的眼神呆望著……

可是當她看到卡洛里美得，而且還是傳說中的「高級楓糖口味」被端到面前，她茶褐色的眼睛似乎就當場亮了一下。

接著，她就像隻松鼠一樣，默默地開始吃了起來。

蕾姬，連妳也這樣啊……哎呀，畢竟正常來想，現在已經是吃晚餐的時間啦。

我就把她的行為當作是只被攻陷一半好了。

再說，蕾姬在溝通能力上本來就有缺陷，不適合與人進行交涉。之前在武偵高中校長的面前，也只會提出自己的要求，是個在處理上必須很謹慎的女人。

換言之，她打從一開始就在這次的目的，也就是「與藍幫進行交涉」上，要排除在戰力之外啊。

（現在能依靠的，只有我自己的力量了嗎……）

藍幫的人看到我只是環顧著巴斯克維爾小隊的其他成員，卻遲遲沒有開動，大概是以為自己招待不周——

結果兩位身材苗條、穿著旗袍裝的超級美人大姊，就分別坐到我的左右兩旁。

接著面露微笑，拿起筷子跟湯匙，對我做出「來，啊～」的餵食動作。

啊……

這不太妙呢……

「喂！這個笨蛋金次！」

果然吧！

嘴上咬著桃饅的亞莉亞，快速繞到我的椅子後面，「碰！」一聲把我連人帶椅一起向後扳倒在地上……

「呼唔呼呼！你這個人每次都這樣！真是呼呼的嘩嘩呀！」

接著從上空對我使出她自創的跺腳術。

「唔，看來金次先生是個被女性管得很嚴的類型……是吧？」

眼鏡閃閃發光的諸葛，在一旁觀察著。拜託你不要連這種事情都分析行不行？

「喂、喂！妳這樣很沒教養啊，亞莉亞！要吃還是要踹，給我選一個啦！」

說出這種話的我——

在被亞莉亞狠狠踹了七十腳左右，才發現我真不應該把「踹」列入選項中啊。

到最後，我明明受邀享用滿漢全席，卻什麼東西也沒吃到。

這種悲劇應該是中國歷史上的頭一遭吧？

我雖然有從蕾姬的餐後甜點——堆積如山的「卡洛里美得・水果口味」中搶了一根過來，但是現在要我吃這種像減肥食品的東西，也未免太空虛啦。我還是先收在口袋裡吧。

我在陽臺上等了一段時間……估計亞莉亞已經冷靜下來之後，從貴賓室的窗口窺視房內……

結果發現那群巴斯克維爾的娘子軍們正「呀哈哈！」地沉浸在一片宴會氣氛中。她們很享受藍幫城的生活嘛。而且把我排除在外。

而喧鬧的中心人物，果然就是理子。

她又唱又跳地完美重現著「桃色幸運草Z」的舞蹈，深受亞莉亞與白雪的捧場。就連跪坐在地上加入她們行列的蕾姬也是，雖然依舊面無表情，但還是跟著拍著手。

（那群傢伙……到底是來這裡做什麼的啊？）

仔細一看，在亞莉亞她們的身邊，還擺著相當氣派的容器。

裡面裝滿了桃饅啦、月餅啦、含有果肉的果凍等等玩意。

這群女人，剛才吃了那麼多，還想吃啊？

這就是「女人七大不可思議」之一的「點心有另一個胃」嗎？

——喀嚓！

「我要對妳們提出一件事！」

我用力打開門，從陽臺登場後，大家的目光就聚集到我身上來了。

「我們不是在武偵高中學過了嗎？這樣豪華的排場，就是像釣魚的誘餌一樣的東西啊。」

藍幫對我們的一連串歡迎行動，是明眼人都知道的「**刻意行為**」。

現出金銀財寶，招待各種美食，就是一種收買敵人的戰術啊。

那個諸葛也有提過開銷成本什麼的。這種招待方式雖然乍看之下成本很高，但是跟「把敵人殲滅為止一路戰鬥」比起來，實在便宜太多了。

可是這群傢伙居然都乖乖上當。

尤其是到了藍幫城之後的狀況，簡直教人看不下去了。

身為隊長，我要好好告誡她們一番。

我已經下定決心，不會再逃避，不會再放棄，一定要好好跟她們講清楚。

「妳們根本就是糟糕武偵的典型例子。看到犯罪者故意炫耀自己的高級車跟金銀財寶，然後被招待了一頓美食，最後還被對方抓到自己的弱點……根本就是最糟糕的……最糟糕的武偵的……」

……

總覺得我講到途中，就好像是在講我自己在東京被那群黑道盛宴款待的事情啊。

下定決心之後還不到十秒，我的氣勢就被當場削弱了……

「我知道啦！」「這一點我很清楚的。其他人怎麼樣我不知道，不過我沒問題的，小金放心。」「唔唔～！」「……是。」「現在重要的是，金次，你怎麼雙手空空就跑回來啦！快點去準備一棵聖誕樹過來呀！」

結果那四個人分別回應著我，臉上的表情一點都沒有在反省的樣子。順道一提，第五句話是亞莉亞舉著手槍發言的。

接著，端莊地跪坐在地上的白雪，讓原本就已經看起來很溫柔的下垂眼睛又變得更溫柔……

「話說小金，你剛才什麼都沒吃到對吧？這個雖然是點心，不過還是可以稍微填飽肚子喔。紅豆沙湯圓？好像是這樣叫的。」

她說著，端了一碗像白玉紅豆湯的東西到我面前。

剛剛才提出過那番話的我，也感到難以抵抗空腹，以及白雪的療癒氣氛……

「唉、哎呀，俗話說『肚子餓了就沒辦法戰鬥』嘛。」

結果也不知道是在對誰找藉口，最後還是享用了那碗甜點。

而正如我的預想，同時也因為空腹的關係……

那碗點心吃起來超美味的。柔軟甘甜的味道，彷彿浸潤了我的舌頭、喉嚨，直到胃中。

「也請享用這個山楂子做的點心吧。雖然外觀看起來像羊羹，不過味道吃起來酸酸甜甜的，很清爽喔。」

……哎呀，我就把這也吃了吧。畢竟俗話說「吃毒就要吃到盤子空」嘛。

不過就算我吃了這些東西，我也不會放鬆警戒的啊，藍幫。

畢竟這些人當中就只有我，之前已經跟黑道經歷過這種款待啦。

「——嗚哇！超好喝的！」

就在這時，理子忽然大叫一聲，跳了起來。於是我轉頭一看，就看到她從一個塗成紅色的葫蘆中倒出一種像果汁的液體，倒進一個花雕玻璃杯中。

然後，「咕嚕咕嚕咕嚕」地喝光，再倒一杯，暢快地喝著。

「這到底是什麼東西呀？真好喝呢。」

睜大了紅紫色眼睛的亞莉亞，也拿起杯子喝著同樣的東西。

跪坐在地上的蕾姬雖然只是用雙手握著玻璃杯，放在自己的大腿上，不過看起來應該也喝過了。

「……那是什麼啦？既然很好喝，也給我一杯啊。」

填了一點東西讓肚子開始動起來的我，從理子手上把葫蘆搶過來喝了一口……好苦！一點也不好喝啊。

雖然我喝得出來這是藍莓口味的東西啦……可是就算喝完了一整杯，我也不覺得有什麼好喝的。

然而，把我放在一旁的葫蘆拿起來，將裡面的飲料倒進金杯的白雪卻也……

「嗯，這是最高品質呢。雖然稍微溫熱一點，或是用熱水稀釋一下，會更凸顯香氣啦。」

露出得意的表情，對那飲料提出很高的評價。

（在中國，有這樣的飲料嗎……？）

我感到奇怪地皺起眉頭，看著亞莉亞、白雪與理子傳遞葫蘆、一杯接著一杯地喝著……

「吶，白雪，再給我一點點、好嗎……？」

亞莉亞這時忽然畏畏縮縮、有點懦弱地把杯子遞出來。

真是太稀奇了。亞莉亞平常對白雪應該都很強勢的說。

接著，碰！

剛才明明還端莊地跪坐在地上的白雪，不知不覺間竟然變成盤腿的姿勢，還對亞莉亞……

狠、狠狠踢了一腳……！

「呀嗚！」

亞莉亞發出平常應該是白雪發出的慘叫聲，滾到一旁去了。

這、這是怎麼回事？亞莉亞・白雪逆轉現象？

在我至今為止看過的各種異常現象中，最為異常的現象發生在我眼前了。

「呵呵呵……」

白雪從喉嚨深處發出感到滿足的笑聲後……

一腳保持著盤腿的姿勢，另一腳竟然把膝蓋豎立起來了。妳穿的可是裙子啊。

她、她那樣子，看起來就像童話書中，赤鬼在喝酒時的姿勢。

（……酒……？）

我這時才察覺了一件事，趕緊從各種角度觀察白雪拿在手上的葫蘆。

於是在葫蘆底部看到了——『藍莓酒』。

——那上面果然寫著是「酒」！

看到它裝在葫蘆裡，我就應該要注意到才對啊……！

「……」

我接著戰戰兢兢地環視周圍——

「嗚哇哇哇哇！白雪欺負人家啦～！」

發現亞莉亞竟然癱坐在地上，像個女孩子一樣哭起來了。

怎、怎麼會有這種事！

平常的她應該會對白雪開槍到子彈用完才對的，可是現在居然大哭起來啦。而且還發出「嗚哇哇哇～」這種亞莉亞絕對不會發出的哭聲。看來亞莉亞是個喝了酒就會變愛哭的類型啊。

相對地，白雪則是……

「妳這個、粉紅武偵……」

全身發出我至今從未見過的氣勢，紅著臉睥睨著亞莉亞。

接著，毫無預警地就當場發飆起來。

「——亞莉亞！妳每次在跟小金大人講話的時候，態度都跟和其他女生在一起的時候完全不一樣！尤其是自己心情很好的時候！從頭到尾都對小金大人笑嘻嘻的！纏著小金大人不放……！妳就不懂像我這樣，從遠處監視、不對、守護著丈夫的矜持態度嗎！這傢伙！」

超可怕的！這是哪招！講到最後甚至像個男人一樣啦！

話說，妳的雙眼都發直了啊，白雪！

雖然白雪平常就偶爾會變成黑雪，不過她現在這樣子真要形容的話……是赤雪啊！

像個赤鬼一樣，凶狠地欺負著淚漕漕的亞莉亞。完全就是個無理取鬧的醉漢了。

「嗚呵～！真是好難得的情景呀～」

拿起手機開始拍攝影片的理子，明明喝得最多，卻看起來跟平常沒有兩樣。

看來這傢伙的體質很耐得住喝酒的樣子。

或者應該說，她平常的人格本來就像喝醉了一樣，所以就算真的醉了也沒什麼差別吧？

「別、別攝影啊！那會關係到白雪的形象啦！」

「什麼嘛～那種形象乾脆破壞掉不就好了～！全新的小雪，強烈登場！」

「去吧去吧～！藥丸蟲滾吧～！啊哈哈！刺酒來刺酒來！給偶刺更多酒夠來～！」

白雪用手滾動著縮成一團的亞莉亞（那似乎是防禦姿勢的樣子），滿屋子跑來跑去……

她那樣子，看起來應該不是第一次喝酒了。這麼說來，我好像聽說過在星伽神社，有一間釀造御神酒用的酒窖。這位巫女小姐一定是有偷喝過吧？

「啊哈哈哈哈～！」

「嗚哇哇哇哇～！」

酒醉大笑的白雪滾動著酒醉大哭的亞莉亞，我跟理子搶著手機。最後唯一可以依靠的蕾姬則是……

呼……呼……

維持著跟剛才一樣的跪坐姿勢，閉著眼睛打起瞌睡來了。

這、這傢伙是喝了酒就會想睡的類型啊？

「遠山同學……」

嗯？

剛才那是蕾姬在叫我嗎？

我疑惑地歪了一下頭，卻看到蕾姬留下這句話後，就徹底睡著了。

真虧妳可以坐著睡著啊……不過話說回來，這傢伙平常本來就是坐著睡覺的，所以那也可以算是她真正睡著的姿勢吧？

就在赤雪大叫著「好熱呀～！」然後開始脫起她身上那件旗袍的時候——

我只好不得已地跳進房間裡的一個大瓶子中，把它代替遮蔽物了。

接著依靠我鋼鐵般的意志力，對亞莉亞、白雪與理子的痴亂騷動充耳不聞了三十分鐘左右。

拿出自己的手機瀏覽電影網站，自言自語地說著「哦～黑暗騎士要拍續集啦？」等等，逃避現實……

直到我確認貴賓室中恢復寂靜後，才偷偷摸摸地探出頭來。

房間裡——主要因為赤鬼大鬧的關係——一片凌亂。

雙眼發暈的亞莉亞以及醉倒的白雪，另外還有蕾姬，都在地板上睡著了。

白雪雖然全身上下只剩內衣，不過因為她笑容滿面地呈現「大」字型睡倒在地上……實在是醉得慘不忍睹，所以我正常的腦袋怎麼也沒辦法對她那樣子爆發起來，而安全過關了。

話雖如此，我還是盡可能讓自己不要看到她，並且從衣箱中拿出一條毯子蓋在她身上……

接著想要把她抱在手上的那個酒葫蘆拿起來，她卻發出「人家不要、人家不要！」的夢話，死也不肯放手。於是我只好就讓她繼續那樣睡了。

蕾姬跪坐在原本的位置上，動也不動地睡著。在剛才那片騷動中，真虧妳還睡得下去啊。

亞莉亞則是擺出一副自己抱住自己的姿勢，鼻頭啜泣著，同樣熟睡在地板上。

（這群傢伙……都沒有想過自己在睡夢中會被敵人偷襲嗎？）

我在對缺乏警戒心的巴斯克維爾成員們感到喪氣的同時——

「……拜託妳留守了。」

「遵命～！」

與拿著沾了墨水的毛筆、在亞莉亞額頭上寫著「肉」的理子進行簡短的對話後，因為對眼前的慘狀實在看不下去，而退出了貴賓室……不過我實際上的目的，是要再次對藍幫城內進行偵查行動。

畢竟夜已深，敵人對我們的監視應該也會比較鬆懈了吧？

我就賭上身為偵探科學生之名，稍微再認真探尋一番吧。

我確認了一下貝瑞塔的狀況，從貴賓室走到藍幫城的二樓大廳。

在那邊有一尊中國龍的石像，二十四小時都會有水從嘴巴流入水瓶中。於是我為了醒酒，稍微喝了一點。

（看來我跟理子同樣是不怎麼會喝醉的體質……是嗎？）

我不太清楚。畢竟我聽說過，一個人如果不是喝到爛醉，是很難判斷自己到底有沒有喝醉的。

（雖然在中國，對飲酒是沒有年齡限制，所以不算違法啦……）

但是總覺得頭有點痛。或許我是喝完酒過了一段時間後，才會感到有後勁的體質吧？

酒精這種東西如果只是少量攝取的話，不至於會讓全身的能力都喪失，還可以紓解壓力、促進血液循環。對有些人來說，甚至有提升勇猛氣概的效果。

然而畢竟酒精有中毒性，更重要的是，會讓判斷能力下降……因此身為武偵，並不會想要主動攝取那樣的東西。

如果遇上像這次不小心喝到的場合，就像巴斯克維爾小隊的女生們一樣——睡個覺，兼顧休息，也確實是一種方法。

不過，就算只是來進行交涉工作，但是在敵人的大本營做出這種行為，依然算是下策中的下策啊。

話說，我回想起剛剛房間中的慘況才想到……

（我今晚應該要在哪裡睡覺才好啊？）

雖然那間房間裡有一張大到很誇張的床，可是如果只有我跟理子睡在床上的話，隔天早上不知道會被睡在地板上的那三個人說些什麼閒話呢。

更何況，萬一被理子做出什麼怪事，害我爆發的話，事情就會變得很嚴重了。真是傷腦筋。

武偵應當小心注意三項事物……黑暗、毒、女人。

黑暗——現在是深夜，即使在這間大廳裡也顯得很昏暗；毒——對我們這些年輕菜鳥來說，酒就是一種毒了；如果這時再扯上女人的問題，我真的不知道事情會變成怎樣啊。

我看我還是不要回去那間都是女人的貴賓室了，隨便找間空房間或倉庫休息吧。

正當我想著這些事情，走在大廳中的時候……

忽然發現有一道通往三樓的樓梯，看起來莫名地亮。

「……？」

我走近一看，才理解那個樓梯之所以看起來很亮的原因了。

──沒想到，那竟然是一道黃金樓梯。

而且感覺它並不只是表面鍍金而已，而是用相當有厚度的黃金板鋪在階梯上，就連階梯之間的縫隙也都用金子填補起來。水平也是金，垂直也是金。

我稍微走上階梯，站在上面看下去……真是壯觀啊。

（……要不要稍微刮一點下來，偷帶回去呢……？）

就在我腦袋想著這些壞事的時候……

不知不覺間，有個女孩子從三樓走下來到我身邊，拉了一下我的袖子。

那女孩子是──

「金此。」

──亞莉亞？

是亞莉亞啊。面露微笑的亞莉亞。

可是，她剛才不是應該還在二樓嗎……？

而且她什麼時候換上武偵高中的水手服了？

正當我感到疑惑，那個亞莉亞忽然又增加為兩個人、三個人……

「怎、怎麼回事……亞莉亞竟然……？」

「金此，你過來嘛！」「來嘛來嘛，你過來！」「這邊這邊！」

增加為四個人的亞莉亞，全都對我笑嘻嘻地，拉住我的手或是腰帶，把我帶到三樓。

接著，打開一扇大大地寫著金邊紅字的「喜」字的門——

把我招待到一間同樣華麗燦爛、以紅色為基礎的純中國風房間內。

房間裡擺著一張掛有布簾的大床，周圍還有四支搖桿的PS3、四臺隨地亂丟的PSP、麻將桌等等……到處都可以看到四人用的遊戲道具。

——這時我才注意到了。

（這群傢伙……是昭昭啊！）

因為大家身材都很嬌小，臉蛋又長得跟亞莉亞很像，所以害我看錯了。

話說，明明每個人都是黑髮啊！為什麼我會看錯啦！

「昭昭……！」

仔細一看，房間的窗戶蓋著布簾，房門也被關上。根本就是從外面無法看見房內的密室啊。

「金此～！」

不知道是哪一個昭昭，抱住了感到警戒的我。

接著又不知道是哪兩個昭昭，「噹噹噹……！」地拿出兩個銅鑼敲了起來。

最後四個人一起……

拿出一條下面有四根棒子的紙龍，又扭又擺地圍繞在我四周。

這看起來並不是什麼敵對行為，害我疑惑了一下她們究竟想做什麼……不過她們似乎是在取悅我的樣子。這應該是昭昭她們的歡迎方式吧？

哎呀，雖然說可愛是很可愛啦。但是──

「喂、喂，昭昭。我雖然不清楚妳們在想什麼，不過我可沒有和妳們友好相處的打算啊。我跟妳們互相還是敵對關係……」

因為我分不清楚哪一個是哪一個昭昭，只好皺著眉頭隨機找對象說著。

然而，昭昭她們卻依然笑嘻嘻地保持著天真無邪的笑臉……

「昭昭們不跟金此打呢。要推銷自己當金此的部下呢。」

「要巴結金此，拚命嘗試呢。」

竟然連「巴結」這種話都說出口啦。哎呀，雖然我早就猜到她們這番歡迎秀，一定有什麼心懷不軌的目的了啦。

「──然後殺掉諸葛呢！」

聽到她們忽然說出這種恐怖的發言，我趕緊伸手讓走在最前頭的昭昭停下腳步──

結果在玩著列車長龍的昭昭們就紛紛撞上前面的人，靜止下來了。

然而，她們接著又……

「上海藍幫，一到兩年內會派厲害的刺客，到香港藍幫呢。」

「這樣昭昭們就得不到香港藍幫。所以趁現在，金此跟昭昭們一起攻占香港藍幫呢。」

「然後金此可以當香港藍幫首領呢。」

「這樣這座藍幫城、部下的女人們、還有昭昭們，全都是你的東西呢。」

真不愧是四胞胎，很有默契地分割臺詞，一起抬頭對我說著。

「不要把我扯進那麼複雜的藍幫內部問題！『藍幫首領』這種東西，不管給我再多錢我都不會想做啦。給我女人更是反效果。更何況在武偵高中有我的學籍，也有房間，我怎麼可能搬到香港來啦！」

聽到我這麼說，昭昭們全都露出一臉瞠目結舌的樣子。

接著，紛紛露出『事情怎麼會這樣呀？』的表情，用中國話不知道交談了些什麼之後……

「為、為什麼？」

「讓金此在那麼骯髒的學校當學生，那很奇怪。金此吃虧呢。」

「名將──有實力的人，就應該到能夠欣賞那份實力的富裕地方，統治那塊地呢。」

「這是社會的常識。財政界大家也都這麼做呢。」

這、這就是中國人的價值觀嗎？

不，就算是在日本，有能力的公司職員有時候也會為了較高的酬勞或職位而跳槽到其他公司，甚至也有人會轉投國外企業。

俗話說，大樹底下好遮蔭。藍幫是個巨大的組織，確實要什麼都有。跟反社會的黑道不一樣，他們似乎也跟國家權力有金錢與關係上的密切往來。

如果我可以從一名『武偵高中的學生』躍升為『藍幫的地方領袖』……以較廣的視野來看，確實可以算是飛黃騰達了。

只論利益計算的話，要拒絕還比較奇怪。

但是——

「真不好意思啊，那是間骯髒的學校。可是我已經背叛過那裡一次，做了不道義的行為。因此不會再有第二次了。更何況，要是我被金錢權力引誘，加入眷屬的藍幫——背叛到敵人的陣營，那可是永世的恥辱。身為一個人，我不能接受那樣的交涉！」

聽到我搬出『道義』、『恥辱』、『身為一個人』等等非常像個日本人的價值觀後，昭昭們又露出聽不懂意思的表情了。

四姊妹都用『咦？所謂的交涉不就是評價對方的價值，給予相對應的地位、金錢跟異性嗎？』的眼神，又開始用中國話交談起來。
最後，昭昭當中的一個人對其他三人說出很像是在講「那就這麼辦吧」之類的話……
而其他三個人也大表贊成後，每個人都露出彷彿在卡片遊戲中準備打出強力卡片的表情。
我總有一種不好的預感啊。
「——金此喜歡亞莉亞呢。」
「……啥？」
聽到昭昭這句完全超乎我預料的發言，這次換成我露出瞠目結舌的表情了。
「女人的眼睛不會被騙的！」
「從一旁看起來清清楚楚呢！」
昭昭們宛如飛機般張開雙手……「咻～」地飛奔到一個雕飾著花鳥、看起來像骨董的中國衣櫃前。
然後……
（呃……！）
就在我面前……唰唰唰！
昭昭們的武偵高中水手服，飛舞在空中。她們竟然脫掉了！

就在一瞬間！

更讓我感到驚嚇的是，那、那四個人的貼身衣物，呃，下半身是有穿啦，可、可是上半身竟然是光溜溜的！怎麼會如此豪放！雖然她們都跟亞莉亞一樣是飛機場啦，但原來那是不穿也ＯＫ的貼身衣物嗎……！

「這件還有這件，亞莉亞有穿過的紀錄呢！」

大家體型都一樣的昭昭們，從似乎是她們共有的衣櫥中，拿出啦啦隊服、女僕裝、兔女郎與日本小學生制服——也就是亞莉亞至今為止為了變裝之類的理由而穿過的歷代角色扮演裝，套在自己身上。為什麼妳們連那種事情都知道啦！

（——嗚……！）

我為了不要看到不該見到的東西，趕緊用雙手遮住眼睛。

然而，我還是有一瞬間看到了。昭昭們身上那四條造型完全一樣、後面印有松鼠拿胡桃圖案的小鬼內褲。另外，昭昭們似乎對於「共有內褲」再怎麼講都多少會感到抵抗的關係，上面還分別寫著「猛、炮、狙、機」等等的文字。

就在我全身縮得像隻烏龜、心中數著質數的時候——

「金～此。」

一旁傳來呼喚我的聲音。

而且還是在很近的距離下。

畢竟如果不知道敵人的位置，想逃也沒辦法逃。於是我只好戰戰兢兢地抬起頭……

卻看到昭昭們前後左右、東西南北地徹底把我包圍起來了。無路可逃呢。

「金此是男人，昭昭們是女人呦。」

「所以昭昭們，要利用自己是女人的條件呢。」

「不過這個手段，昭昭們是第一次用。」

「所以可能會做得好不好呢。」

那到底是好還是不好啦？

我不禁在腦中對昭昭們僵硬的日文吐槽後……

伴隨著一聲吆喝，昭昭四姊妹竟然就把我像神轎一樣抬起來了。

「「「「嘿呦！」」」」

接著，她們把我抬到布簾後面，丟到那張巨大的床上。

而且還露出以「理子語」來說的「下流臉」，紛紛爬到床上來。

「……嗚……妳、妳們想做什麼……！」

我說著同樣是理子會玩的遊戲中、女騎士被下流集團包圍時會講出來的臺詞，同時坐起上半身，快速逃向後方。

然而，我的背很快就「碰！」地撞到床的靠背了。

穿著啦啦隊服、女僕裝、兔女郎與小學生制服等等角色扮演服的昭昭們，在華麗的床上又走又爬……紛紛貼到我的身上。

「來玩亞莉亞遊戲呢。」

接著，又說出了超乎我預料的發言。

「亞……亞莉亞遊戲？」

啦啦隊昭昭與兔女郎昭昭一左一右地跨坐在我腿上，封鎖了我的行動能力。女僕昭昭與小學生昭昭則是分別抱住我的雙手，緊貼在我的肩膀上。

「金此，跟亞莉亞怎麼也不順利呢。」

「尤其是最近，跟亞莉亞吵架，很難過呢？」

「所以昭昭們來當亞莉亞呦。」

「昭昭的亞莉亞是對金此很溫柔的亞莉亞，是金此的奴隸亞莉亞……」

她們在近到會讓我發癢的距離下，在我耳邊小聲呢喃……

接著，不知道是哪一個昭昭熄掉了燈光，讓室內變得一片昏暗。

（……嗚……！）

原本就已經跟亞莉亞像到剛才會讓我認錯人的昭昭們——

總、總覺得……

真的看起來跟亞莉亞一樣了。

昭昭們的誘惑讓我的血流衝上腦袋，剛剛喝的藍莓酒開始讓我醉了。

看來我是喝完之後酒勁才會來的那種時間差類型啊。

「金此，以前真是對不起呢。」

「不過我其實很喜歡你呦。你應該知道吧？」

「所以金此說什麼，我都會聽呢。」

「不……不是我會聽，是金此說給我聽，好嗎……？」

……什、什麼溫柔的亞莉亞……

我才不相信。

不，這是藍幫的酒，還有昭昭們，讓我看到的幻覺。

我知道是幻覺。但是該怎麼說呢？即使是幻覺——我也感覺好像是不錯的幻覺……

現在，有四名亞莉亞們，正露出嬌媚的眼神注視著我。

「你說，你希望我對你怎麼做呢……？金此。」

「還是說，你想要做什麼呢……？」

「想要做什麼，說說看？我什麼都讓你做呦。」

「四個人輪流，讓你做四次吻。」

亞莉亞們的、八隻手、到處摸著我的身體。用輕柔得像在搔癢般的力道，開始對

Illustration : Kobuichi © Chugaku Akamatsu / MEDIA FACTORY, INC.

尖端出版

我按摩起來。

這力道……實在很巧妙。好、好舒服。感覺全身的疲勞都消失了。

手腳動彈不得、強制被放鬆的我——

不禁感到有種被當成國王的感覺。

跟平常……完全相反。

以前都是我當奴隸，亞莉亞當女王大人。但現在卻是我當國王，亞莉亞是奴隸狀態。

而且還是四個人一起服侍我。

這種宛如夢境般的舒服感覺，實在讓人難以抵抗。我不得不承認，以前理子在新幹線上說過的『藍幫是酒池肉林』，現在真的實現了。

「——吶，叫我一聲亞莉亞好嗎？」

女僕的亞莉亞磨蹭著我的臉頰，提出了莫名其妙的要求……

「亞、亞莉亞。」

我忍不住就回應她了。

我到底在做什麼啊……！

這似乎是昭昭們期待的一句話，於是她們開心地笑了起來，紛紛抱住我的手腳。

感覺我跟昭昭四姊妹之間，好像因此達成了什麼協定似地。

她們剛才也說過，我是男人，而昭昭們是女人。

雙方一旦陷入這種狀態，接下來就只會像順坡滾下的石頭般——

……撲通……！

我那傷腦筋的天性——爆發模式，終於漸漸被啟動了。從以前開始，不知道為什麼，我的這個開關總是很輕易就會被亞莉亞打開。而在過去好幾次理子扮演成亞莉亞的經驗中也已經證實，這個現象即使對假的亞莉亞也會有效果。

「金此，我好喜歡你。」「金此也說喜歡我嘛。」「金此～」「金此……」

亞莉亞們宛如催眠術般不斷呼喚著我的名字，讓我忍不住看向她們——

好、好可愛。這個亞莉亞也好可愛。雖然在細微的部分當然有所不同，但卻有足以彌補的數目。原來我是個即使一對多也ＯＫ的人啊。

……撲通……！

「金此。」「金此。」「金此。」「金此。」

我、我好像撐不下去了。

「金此。」「金此。」「金此。」「金此。」「你在做什麼啦……金**次**……！」

……嘰哩嘰哩嘰哩嘰哩……！

第、第五名亞莉亞……？發出的磨牙聲響徹房內，讓我的眼珠差點飛了出來。

「竟、竟、竟然讓這麼年幼的昭昭們，穿、穿、穿上我黑歷史中的打扮……！」

這、這個憤怒到發抖的娃娃音。

——是、是真的亞莉亞啊……！畢竟她身上還飄散出一如往常的梔子花香氣！

我趕緊想要起身，但是因為昭昭們壓在身上，而難以如願。

「什麼叫年幼呢！」

「昭昭們已經十四歲了！」

感到憤慨的昭昭們紛紛站了起來，於是我也慌張地想要站起身子——卻發現我的腰帶在不知不覺間竟然被解開，讓褲子順勢滑落了一點。為什麼啊！

見到拉鍊全開的我，站在門前的真實亞莉亞頓時憤怒得「唰……」地散開雙馬尾……

「哦……？」

發出宛如戰國武將的低沉聲音，用力睜開紅紫色的雙眼。

超、超可怕的……！

如果是一般人的話，應該早就失去意識，在無意識下當場開溜了。不過我因為在武偵高中已經受過鍛鍊，而沒有昏倒過去。在這種時候，我真是痛恨自己這樣要堅強又不堅強的精神力啊。

沙……

亞莉亞雙手握槍、邁開大步跨到床上。她背後的景象因為某種像怒氣一樣的東西

而顯得扭曲起來。

看到這樣的情景，即使強如昭昭姊妹也忍不住往後退下，逃到我背後——靠四人份的體積造成的壓力，把我推到前面去了。奴、奴隸們竟然背叛我啦！

嗚哇……

亞莉亞「沙……沙……」地走過來，威風凜凜地站到我面前。

「——吼啦！」

她接著發出身為一名美少女絕不可以發出的吼叫聲……啪！

使出曾經把三根綁在一起的金屬球棒歪曲成「く」字型的殺人踢，對我剛才還被昭昭們柔軟的小腳腳坐過的膝蓋狠狠踹了一腳。

看來亞莉亞已經酒醒的樣子。原來她是醉得快醒得也快的體質啊。話說，我還真希望她還是剛才那個愛哭鬼亞莉亞的說……！

「嗚喔……！」

被一招擊倒的我背後……

「嘿！」「呀！」「喝！」「——雙蛇刎頸抱！」

昭昭1〜3分別對亞莉亞做出假動作——而最後的一個人，應該是猛妹的昭昭，緊接著用雙馬尾攻擊亞莉亞的脖子。

然後用雙腳固定住亞莉亞的身體，用力一扯！

勒住亞莉亞的脖子了！

仔細一看，猛妹的雙馬尾過去因為被蕾姬的狙擊射斷過，所以是假髮，或者應該說是接髮。不過從強韌的彈力看來，那似乎是利用比普通的頭髮還要結實的材料做成的。

昭昭用必殺技贏過了亞莉亞。我還以為自己得以生還了，可是……

「——Double Snake By Now！」

原來巴流術也有同樣的招式啊！

亞莉亞也用她粉紅色的雙馬尾纏住昭昭的脖子，利用手臂與背肌的力量往後一拉，勒住昭昭的脖子了。

呃，雖然亞莉亞輸掉的話我也很困擾，不過要是昭昭輸掉，我就會被亞莉亞殺了。在這種狀況下，我應該幫誰加油啊！

望著這場難看的掐脖子大戰，剩下的三名昭昭揮舞著拳頭，對猛妹「加油！」「殺——！」地打氣著。於是我考量到往後的事情，姑且「亞莉亞加油吧……」地發出聲援。

就在這時，亞莉亞大叫一聲「Bloody Hell!」，使出彷彿泰拳的膝蓋上踢，強力擊中猛妹的屁股。

趁猛妹的雙腳鬆開，亞莉亞緊接著使出「用頭髮綁住脖子的抱頸摔」這種無論任何格鬥技的教科書上都沒有記載的招式，把猛妹一把摔出去了。

猛妹「碰！」一聲撞到牆壁，彈回床上後，亞莉亞又騎到猛妹身上揮出鐵拳，在中國初次展示她平常處罰我時使用的招式。

就在亞莉亞擊沉了猛妹之後……

「這個大色鬼！也不去準備聖誕樹，竟然在這裡讓昭昭打扮成我的樣子！為什麼！給我詳細說明理由！這個色鬼金次！」

緊接著又撲到我身上，使出鐵拳地獄……！我明明剛才有幫妳加油啊！不過，畢竟我也已經習慣她這招了，於是在她下方拚命嘗試抵抗。我可不會立刻被打倒的！

正當我拚死拚活地進行抵抗的時候……

「咻咻——！不錯耶～！」

理子拿著手機，不知不覺間就出現在床上了。

快、快來救我啊！不要光顧著攝影！

「出外旅行，一定要拍一堆紀念影片才行呢！這一定會成為很棒的回憶動畫喔～！小亞莉亞動畫——『對愛害羞的反生氣』！其實妳看到欽欽因為亞莉亞遊戲而興奮，明明就很開心的說～！」

「什！什……！理子！妳不要把人家說得像是什麼傲嬌一樣呀！」

「……呃，妳沒有自覺嗎……？」

亞莉亞對真的感到訝異的理子使出頭槌的同時，依然沒有放鬆對我的攻擊。

話說，自從我們在OZONE大吵一架之後，總覺得亞莉亞在對我發飆之前的前置動作變短了。雖然（教人難過的是）她對我的虐待是常有的事啦——

——不過，看來她是又生氣了……對於我在香港島迷路，而害她擔心的事情。

後來，我使出「啊！窗外有個桃饅UFO！」這種低等級的假動作，可是亞莉亞卻徹底上當，讓我得以從鐵拳地獄中脫逃出來了。

接著，我一路逃竄到一樓的大廳，跳進擺在那裡的大甕中——

躲過亞莉亞的追擊後，就這麼在裡面睡著了。

於是隔天，我在甕中迎接了聖誕夜的早晨。

（總覺得自己快要變成醃酸梅啦……）

我不禁在心中如此抱怨著，不過睡在甕中還意外地很舒適呢。插在背後的薩克遜劍剛好可以拿來當靠背。我要不要乾脆在家裡也擺一個防彈甕算了？

我爬上樓梯，本來想說要進入貴賓室的……

可是我稍微打開房門，窺視房內，發現因為時間還早，白雪跟蕾姬都還在睡覺。

昨天灌了一堆藍莓酒的白雪……因為宿醉，在痛苦呻吟的樣子。哎呀，這也是她自作自受啦。

而蕾姬大概是因為只有喝適量的關係，睡臉看起來像天使一樣。妳這傢伙，睡覺的時候還比較有表情啊。

亞莉亞大人則是霸占了整張大床，甚至頭上還戴著一頂睡帽，睡得超舒服的。要不要開她一槍算了？

床上的床單與毯子有一部分看起來稍微有點凌亂，應該是理子睡過的痕跡吧？不過房間裡看不到理子的身影，大概是已經跑出去玩了。真是有精神的傢伙。

「……」

我接著打算到昨天在遊艇上看到的三樓露天咖啡館喝杯咖啡，於是走上昨天的那道黃金樓梯……

來到三樓那間大到誇張的自助咖啡廳。

這地方的造景看起來就像南國的度假飯店一樣，吧檯上排列著五顏六色的洋酒瓶，另外還有撞球桌與鋼琴。

或許是因為時間還早的關係，周圍沒有人在看守。

這裡甚至也有我在找的咖啡機呢。也就是瑞士 JURA 公司製造的全自動咖啡機。

（這地方……應該是拿來招待歐美來賓用的場所吧？）

我泡了一杯濃縮咖啡後，穿過大廳，來到露天陽臺……

「……」

就看到坐在一張椅背後仰的木製海灘椅上、眺望著早晨海洋與天空——

——一如往常地穿著改造制服的理子，也在那裡。

她跟我一樣端著咖啡杯，露出有點倦怠的眼神眺望著海平線。

文靜的理子，看起來一點都沒有平常的孩子氣……

臉上成熟的表情，甚至讓已經看慣她的我，都忍不住一瞬間被奪去了目光。

這傢伙……等到二十歲左右的時候，應該會變成一名傾國傾城的美女吧？畢竟她的母親好像也是一名絕世美女的樣子。

雖然她現在已經十分可愛了，長大之後一定會成為任何男人都能擄獲的魔女。

面對那樣飄散出不同於亞莉亞、白雪與蕾姬的獨特氛圍的理子——

「早安，理子。難得妳會起得這麼早啊。」

我雖然有種想要多欣賞一會的心情，但畢竟我有個人體質上的理由，因此在還沒有被她的魔力擄獲之前，趕緊對她搭話，將自己拉回現實了。

「理子在旅行的時候都喜歡早起呢。」

理子轉頭對我露出微笑，綁在兩邊的馬尾跟著搖晃一下。

在旅行的時候早起嗎？我也不是不能理解那樣的感覺。理子的品味不錯嘛。

「早安，欽欽。藍幫城怎麼樣？是不是一個超閃耀的好地方呀？」

從椅背上挺起上半身、靠向我這邊的理子，臉上已經恢復平常那樣像個小鬼的表情了。

雖然我至今為止都沒有發現，不過這大概就是理子在人前的一種獨特偽裝吧？

「或許是因為之前雙方打得很兇，所以藍幫特別想要給我們一些好印象吧……雖然做得有點太過火，讓我覺得很沒品味啦。」

我坐到理子旁邊的海灘椅上，喝了一口濃郁的咖啡。

「咦～理子倒是很喜歡這裡喔。甚至對藍幫城（Ranbanjyou）有更強烈的反感情（Hankanjyou）了呢。」

「說那種諧音玩笑是一種犯罪喔？」

「咦～可是之前亞莉亞還開過一個諧音玩笑，是什麼『白雪（Shirayuki）失敗了（Shikujitta）』！只有『Shi』一個字對上而已呢～！」

「……說到亞莉亞，妳覺得她被藍幫攻陷到什麼程度了？她好歹也是巴斯克維爾小隊的副隊長，我是不覺得光靠桃饅就能讓她完全被攻陷啦，可是實在有點不安。」

在受到敵對組織熱情款待的時候，掌握住同伴們的心情波動，也是身為領隊的任務。

尤其是掌握住大家在心理上被敵人攻陷到什麼程度，是一件很重要的事情。我是這麼學到的。

就算我問她本人，她也一定會說什麼『我才沒有被攻陷呢』，讓我沒辦法正確掌握狀況。不過我認為至少有必要大致上搞清楚是『完全攻陷』、『半攻陷』或是『零攻陷』之類的程度。

尤其是主要成員如果對敵人變得太過友好的話，會對交涉行動產生不利。理子的狀況先姑且不論，但要是我跟亞莉亞之間產生了什麼意見分歧，就很不妙了。畢竟自從我那次迷路事件之後——亞莉亞就一直在生我的氣。最糟的狀況下，搞不好我們還會有起內訌的風險。

因此，我稍微對內部試探了一下亞莉亞的狀況。結果……

「亞莉亞她超開心的喔～！因為她還拿到大乳膏呢。」

「妳說她拿到什麼？」

「就是一種添加了漢方藥、據說可以讓胸部變成兩倍大的豐胸藥膏呀。」

「……」

藍幫對情報的掌握還真是徹底啊～那根本就是會讓亞莉亞開心得眼神大變的玩意嘛。這下看來巴斯克維爾小隊搞不好已經沒救了。

話說，那是什麼可疑的藥膏？

怎麼可能會有那麼好用的東西啦？而且亞莉亞還因此感到開心，也就是說她根本沒有發現，就算她塗了那個玩意之後真的變成兩倍大，她依然還是在平均值以下的事情啊。

「說到亞莉亞，讓我想到一件事。」

理子讓海灘椅「嘰」地發出聲音，翹起她那件輕飄飄裙子底下的雙腳。

「昨天那件事讓理理的心中有點痛呢。之前理子偽裝成亞莉亞的時候，欽欽好像也是那樣嘛。」

「妳在說什麼啦？」

「欽欽，你差點就真的被昭昭版的亞莉亞們徹底攻陷了對吧？那件事讓理子明白了，亞莉亞對欽欽來說果然是很特別的呢。哈哈哈！」

理子說著，「啪啪啪！」地用力拍打我的肩膀……

我想我還是姑且露出「我完全沒有印象」的表情吧。

「那是……我喝了酒之後的事情啦。拜託妳不要想得太認真了。」

對於不是爆發模式下的我來說，這種話題實在讓我不知道該說些什麼才好——因此，我似乎真的露出了一臉沒出息的表情。

結果看到我那張臉的理子，竟然咧嘴一笑，露出『喲，少年，你真可愛呢～』的眼神了。

那是什麼瞧不起人的態度啦？女生在遇到這種狀況的時候，真的有夠讓人火大的。

「『喜歡』真是一件不可思議的事情呢。」

「妳想說什麼啦？」

「只要想到自己喜歡對方，就會有種不知道自己究竟是幸福還是不幸的心情呀。」

「我是搞不太懂啦。」

「真不愧是欽欽，根本就是強人所難遊戲的角色嘛。不過理子是遇到越強人所難的遊戲，就越會熱血沸騰的人喔～！」

理子說著，「哈哈～！」地仰天大笑起來。

說真的，她到底在想什麼啊？

「話說回來，今天是聖誕夜呢～」

忽然又改變話題啦……

哎呀，反正她平常就是這個樣子了，我是不覺得怎麼樣啦。

「不過早上倒是沒什麼那種感覺就是了。」

「理子勸你早點寄聖誕郵件給在日本的女生們比較好呦～？要是你不小心忘記了，她們搞不好會鬧彆扭呢。像理子以前訓練的那個戰妹呀，聖誕夜剛好就是她的生日——啊！對了，欽欽！理子有分別聽當事人說過了喔～聽說你有幫亞莉亞跟小雪慶祝過生日對吧～？而且還是用很厲害的慶祝方式！」

又改變話題了。從聖誕節一下子跳到生日，我只講了一句話而已的說。

話說回來，我確實有幫她們慶生過啦……可是有什麼很厲害的慶祝方式？她到底在講什麼？

我只是送亞莉亞在攤販買的戒指，送白雪一束花而已。而且兩邊都有附加條件是『不要隨便對我開槍』跟『拜託妳當我的保鑣』啊。

於是我只好歪著頭回問。

「有很厲害嗎……？」

「噢……」

結果理子竟然從喉嚨深處發出對我感到徹底傻眼的聲音了。

究竟有什麼事情讓她覺得那麼厲害啊？

「哎呀～真不愧是欽欽，根本是天生的花花公子呢。啊～理子也好期待呦～不過……欽欽應該不知道理子的生日吧？」

理子瞥眼偷瞄了我一下，說出像是在試探我的話。於是我——

「不，我記得啦。」

帶著某種「你有來言、我有去語」的感覺，如此回答她了。

「咦？」

結果理子又露出一臉真的感到驚訝的表情。

事實上，我真的知道理子的生日。是貞德之前跑到偵探科來玩的時候說過的。因為那日期非常好記，所以我到現在還記得。

理子這傢伙，應該是也想要我送她什麼東西吧？

算了，沒差，既然我都告訴她我知道她的生日了，我當天就送她一些什麼東西吧。像是夾娃娃機夾到的布偶之類的。

「……」

看到我陷入沉默……

「……啊、呃、那個……」

理子忽然慌張起來，打開她好像也有的紅臉開關了。接著，她「啊哈啊哈啊哈，好像變得有點熱呢～」地搧起她那件滿是荷葉邊的裙子。

於是從理子的方向飄來她特有的甘甜香草味道。

而對於那股味道並不討厭的我，也忍不住有點臉紅起來了。話說，妳為什麼要用裙子搧下半身啦？這樣不是會讓大腿被看光光嗎！

我感到有點害羞地把視線稍微別開後……

「欽、欽欽色色！不要聞聞！」

理子忽然又說出莫名其妙的臺詞，滿臉笑容地抱住了我的身體。

為、為什麼要一邊批評一邊抱人啦？

真是個讓人搞不懂的女人。

不過，理子似乎是故意製造可以抱住我的機會，自然地把嘴巴湊到我耳邊後——

「——猴在水面底下的樓層，感覺上就很像是地下室。而且現在不是孫，已經變回猴了。」

用裡理子的聲音，小聲對我說道。

……原來她已經調查好啦？

自從來到藍幫城後，理子看起來是玩得最開心的一個人——不過身為情報怪盜的理子，其實也探查過城內的狀況了。

而且她還掌握了最重要的情報，也就是敵方戰士的所在地，以及目前的狀態。

「另外還有一名感覺可以利用的幫手。你喜歡騙女人的個性偶爾也會派上用場嘛，金次。哎呀，那傢伙我會好好操控的。再說，對方會不會真的願意進行交涉，也只有一半一半的可能性而已。萬一最後雙方打起來了，就趁我在身邊的時候——由你對我下達命令吧。」

看到切換成裡人格、呈現出另一種帶有魄力的魅力的理子……

我在稍微感到反省的同時，對她輕輕點了一下頭。

雖然我因為敵人看起來沒有交戰的意思，而擅自以為對方也願意進行交涉了，不過，這一點確實值得懷疑。另外，跟隨處亂逛進行偵查的我不一樣，理子甚至還準備了一名間諜……真是立下大功啦。

話說，那位所謂的「幫手」究竟是誰啊？

正當我想要開口詢問的時候……

「哎呀，我是不是打擾到兩位了？」

從樓梯的方向忽然傳來一聲悠哉的聲音。

看到我被理子在海灘椅上抱住的樣子，於是讓圓框眼鏡底下的瞇瞇眼露出微笑的……正是諸葛。

藍幫的重要人物——諸葛靜幻。

「唉呦～難得可以兩人獨處的說～真是生氣～」

瞬間恢復成表人格、像個笨蛋一樣鼓起臉頰的理子，用手指做出犄角，指責著諸葛。

因為正在進行對付藍幫的私密交談時，諸葛忽然現身，害我忍不住露出有點慌張的表情——

不過理子卻反過來利用這一點，裝出我們真的在進行男女幽會的樣子了。

「陰與陽，兩位看起來確實很登對啊。本人雖然有對遠山先生周圍的女性們分別考慮過配對，不過……嗯，這一對應該是最佳情侶了吧？」

諸葛很客套地對理子諂媚了一下後，走到吧檯邊，看到我們正在喝咖啡，於是露出微笑，對我們說了一聲「就讓本人為兩位再泡一杯吧」。

受不了，這傢伙還是老樣子。

雖然他是我們的敵人，但就是很難讓人對他抱有緊張感。

話說，他剛才說的「陰陽」，「陰」該不會是指我吧？竟然若無其事地說出如此失禮的話啊。

「雖然說到中國總讓人有『茶』的印象，但其實最近很流行喝咖啡呢。或許對於來自日本的兩位來說會感覺有點太甜……不過包括本人在內，中國人比較喜歡喝甜的咖啡啊。」

諸葛很熟練地把圍裙套在文官服上──從冰箱中拿出一個模仿洋紫荊花造型的蛋糕，宛如甜點師傅般分裝到盤子上。包括我們的份，以及他自己的份。同時也泡了三人份的咖啡。這是代表「剛起床，大家一起來提升血糖值吧」的意思嗎？

（話說回來……諸葛他……）

我因為偵探科培養出來的習慣，稍微確認了一下，發現他的體格真的很瘦弱。不知道該不該說是不像個男人，連鬍子都完全看不到。雖然我自己也是個身材算瘦的男人啦。

他雖然沒有像諜報科的 Chang Wu 老師那樣娘娘腔，不過還真是個不像男人的傢伙。畢竟聲音也比較尖銳。

早上一起床就把髮型都整理好，連衣服上的扣繩都換成跟昨天不一樣的款式，顯得很愛打扮，感覺好像在享受潮流似的。

或許是因為喜歡做家事的關係，很愉快地自願幫我們服務的諸葛……

總讓我覺得比起在戰場上的時候，還要有一種「真正的諸葛」的感覺。

大概他原本的個性其實很溫厚吧？

「請您好好疼愛昭昭她們吧。畢竟遠山先生以一名男性來說，看起來是很穩重的類型。我想您就算同時面對四個人應該也沒問題吧？」

諸葛將蛋糕與咖啡放在托盤上，端到我們面前。接著他自己也笑咪咪地坐到一旁的海灘椅上。

我對大聲歡呼、開始大口吃著蛋糕的理子不禁嘆了一口氣後……

「你是打算要我做她們的什麼對象啊？昨天的那件事，我可一點都沒有受到款待的感覺喔？」

哎呀，畢竟也沒必要刻意拒絕，於是我也收下那盤用水果做成的藝術蛋糕了。

「請您不用客氣，就把她們收為您的側室吧。如果能夠在您底下工作，我相信她們也能成為很好的臣下。要不然，我很擔心那些孩子們將來會受到上海藍幫的影響，成為惡徒啊。」

「什麼側室……話說，你幹麼提到將來？我可沒有在這個地方久留的打算喔？」

「良禽擇木而棲，賢臣擇主而事。我相信您一定可以成為一名新型態的領袖，帶領香港藍幫到下一個世代去的。」

「別跟昭昭說一樣的話行不行？我跟藍幫根本不合啊。再說，我根本就不是什麼有錢人。」

「用適性與金錢來決定的，只有到中間管理職位而已。至於領導者，則是要重視才幹。姑且不論平常表現如何，遇上關鍵時刻總是能引導部下、讓大家同心協力，甚至可以讓敵人也成為同伴的力量——也就是所謂的領袖氣質。這是自古流傳下來的智慧。像共產黨也是這樣做的。」

真受不了……

「我是知道現在不管什麼地方都很缺人才啦，但是拜託你別把身為廢材的我拱上神轎吧。再說，我根本就沒有那種才能，可以引導他人，或是讓敵人成為同伴什麼的啊。」

「在那邊的那位峰理子小姐，還有貞德小姐、華生先生、希爾達小姐、GⅢ與GⅣ兄妹——」

諸葛扳指細數著過去與我為敵……不過現在卻成為同伴的人物們。

你調查得還真清楚啊。

話雖如此，但是像貞德是因為司法交易成為我們的同學，希爾達是跟著理子投靠過來的……當中包含了幾位很難說是靠我的能力成為同伴的人。他這樣說實在太過獎了。

「您擁有能夠讓各式各樣的人格、各式各樣的思想，也就是各式各樣的集團同心協力的能力。雖然在極東戰役中，藍幫與巴斯克維爾是站在對立的關係，不過將來也有可能會合而為一。這樣一來，蕾姬小姐的烏魯斯也會跟藍幫合一。只要讓各種集團都集合成同一條奔流，全世界的結社、機關、組織——彼此都沒有必要再進行鬥爭，相信就可以得到永久的和平了。而金次先生，就是能夠成為那個起點的人物啊。」

「也就是所謂的『中華思想』對吧？在我聽起來倒像是在說夢話呢。」

聽到諸葛的言論，理子感到很不屑地哼了聲。

「夢想是很重要的喔？我們諸葛一族代代都是基於『想要看到誰創造出來的、什麼樣的世界』這樣的想法在決定行動的。遠山先生，本人很希望能看到您所創造出來的世界——我只是這個意思而已。」

也就是說……

把世界各地誇耀著超凡力量、在社會底下蠢動而且保持祕密主義的個人或集團——像藍幫、烏魯斯、梵蒂岡、自由石匠、GⅢ一黨、吸血鬼一族等等——靠多少有點強硬的手段全部集結起來，合而為一的意思嗎？這樣一來就能天下太平、人人皆兄弟了是吧？

這想法確實不錯。雖然不是什麼壞事，但……

實在太超乎現實了。至少那應該不是我有生之年能夠實現的計畫。對我個人來說，也很難加入其中啊。

總覺得這個叫諸葛的男人，似乎並不是站在「個人」這樣渺小的規模在思考事情。憑他這樣的人物，應該不會不明白剛才所講的話，是一個非常長遠的課題才對。

剛才那些話簡單來說，就是一種**理想**。

那並不只是這一、兩天之內的打算，而是把目光放在長遠未來的大目標。即使在自己有生之年無法實現也沒有關係，但希望自己能朝著那個理想，活在當下……

這傢伙真是個目光遠大的男人啊。

難怪會讓我覺得他對於個人程度上的敵我意識很薄弱了。

他跟只顧著眼前的錢財或戰鬥的昭昭跟我不一樣，思考事情的態度相當壯大。而且還是在極東戰役打得如火如荼的時候，思考著那樣的事情。真是不簡單。

「啊。」

就在這時，諸葛忽然露出想起什麼事情的表情。

接著從他那件文官服的衣袖中，拿出了一個小小的螺鈿寶石盒。

「對了對了，亞莉亞小姐的殼金就在這裡。」

……！

我趕緊打開他一副若無其事地遞給我的小盒子……

就看到裡面裝著用紅色絹布包起來、我似曾見過的緋紅色寶石。

那是被射進亞莉亞心臟附近的緋彈上——為了抑制不良的影響而包覆在外層、像外殼一樣的東西，結晶化之後形成的寶石。

原本這東西如果沒有湊齊七顆，就沒辦法發揮效果，但現在卻只剩下三顆。而第四顆，就在眼前的這個小盒子中。

面對殼金的出現，理子也感到非常驚訝地跟我一起探頭看向小盒中。

「……這是真貨嗎？」

聽到理子這麼說，諸葛保持笑咪咪的表情點了一下頭。

看來……他應該不是在騙人。

「為什麼你要現在拿給我們？」

看到我皺起眉頭……

「哎呀～其實是本人不小心忘記了。昨天忽然想到有這件事，所以才把它找出來的。」

沒想到諸葛竟然面帶笑容地說出這種話，害我差一點就從海灘椅上跌下去了。理子倒是真的跌下去啦。

「——香港與上海，分別對它進行過分析，讓我們學到了很多呢。」

「你沒有想過要利用這東西，讓交涉對自己有利嗎？」

「本人現在就是在那麼做啊。畢竟這個殼金已經結晶化了，我相信要把它放回亞莉亞小姐的緋彈上，一定會需要相對應的一些手續吧？這當然也包括諸位必須活著回到日本……也就是，必須要等到諸位跟我們講和，或是做出一個了斷之後才行。怎麼樣呢？您現在是不是變得很希望早點結束跟藍幫之間的鬥爭，快點回去日本了？」

該死。這傢伙頭腦真好啊。

他說得確實沒錯。畢竟我不管再怎麼說，都是亞莉亞的搭檔。所以一旦關係到她的事情，我就會變得不知道該說是腦袋充血還是怎樣，總之就是會很想快一點幫她解決問題。更何況我現在還欠了她一個很新鮮的人情，就是她在黑市幫我把失竊的手機買回來的事情啊。

「好，我就收下了。你休想再拿回去啦。話說回來……你還真夠天真的。」

「畢竟臥龍是一名必須要講和的對象。而且我們現在也很忙碌呢。」

「很忙碌？」

「對香港藍幫來說，極東戰役只不過是許多鬥爭中的其中一項罷了。我們還有其他很多必須要處理的案件。而且雖然我們目前為止都婉拒了，不過一旦戰役的騷動繼續擴大的話，想必從全中國都會有許多將士跑來投靠我們這邊。這樣一來的話，光是要支付他們的酬勞就不知道要花上多少銀子了。也就是說，講和是目前最好的策略啊。」

諸葛大概是沒有什麼隱瞞的打算，把自己內部的狀況都告訴我們了。而看到他那個樣子——

「跟以前的諸葛相比，變得還真多呢。」

把蛋糕吃完的理子，帶著有點多疑的裡理子氛圍，稍微吐槽了一下。

「──請別提了吧。我相信您應該也不喜歡講到過去的事情才是。」

諸葛回應的聲音，也顯得有些僵硬。

在朝陽照耀下發出光澤的眼鏡底下，他瞇成細線的眼睛變得有點嚴肅起來。

「……？」

就在我疑惑地歪著頭的時候，理子對稍微有點被諸葛的話打動的我露出彷彿在勸戒的表情。

「諸葛以前其實是個比現在還勇猛的粗暴人物喔。他之前也曾經為了搶奪人才，跟夏洛克打過一場，而且雙方還打得不相上下呢。」

……跟夏洛克・福爾摩斯嗎……？

這個瘦不啦嘰的諸葛，竟然跟那個怪物打得不相上下？

夏洛克他……不管怎麼說，都是我贏得最驚險、遇過最強的敵人啊。

而且我最後還讓他逃走了。以『捉拿犯罪者』這項武偵的任務來說，我甚至可以算是實質上輸給了他才對。而諸葛竟然跟他不相上下？

諸葛見到我瞪大了眼睛……

「不，那哪裡是不相上下了？本人可是輸給他了啊。」

趕緊揮揮手，做出否定。然而……

「不，我當時親眼看到了。在那場戰鬥中，夏洛克最後——」

「不，當時如果繼續打下去的話，想必是本人會輸掉的。」

「——最後放棄戰鬥了呀。而且還說了一句『諸葛，你就珍惜你**剩下的生命**吧』。」

「……」

諸葛保持著微笑，陷入沉默……表情看起來彷彿是在回憶過往。

「……果然……你、患有疾病嗎？」

聽到我這麼一問……

「那是即使靠中醫學——東洋醫學，也沒辦法抑制的東西。」

諸葛也不否認了。

原來……是那樣啊。

我其實從一開始，甚至是在鏡高組的屋頂上看到他的時候，就覺得這傢伙的身體應該患有什麼疾病了。

而且那應該是什麼不治之症。畢竟他自己現在也這麼說了。

因為在偵探科培養出來的習慣……我只要遇到重要人物，都會盡量記住對方的特徵。當中也包括「很胖」或「很瘦」之類的縱橫比例。

而在這個橫向比例上，諸葛跟過去在空地島上召開宣戰會議時比起來，瘦得太快了。

而且還是快到很異常的程度。

如果一個人原本很胖的話，想變瘦也是有可能瘦得下來。然而諸葛從我第一次見到他的時候，身材就已經很纖細了。而他既不是需要進行減重的運動選手，也不是為了扮演的角色必須改變體型的演員。

——昭昭們之前說過，上海藍幫在一**到兩年之內**會派人到香港來。

這或許也是因為對方知道諸葛的病情也不一定。

（我實在……不知道該說什麼才好。）

我心中只有一種想法，覺得真是太可惜了。

不管怎麼說，我都會希望抱有遠大夢想的傢伙能夠長命百歲啊。

「請您不要露出那樣的表情。一個人的生死，根本微不足道。來自島國的少年——請您把目光放向更廣大的世界、更悠久的未來吧。只要視野變得寬闊，我相信您一定可以看到自己應該前進的道路。」

諸葛笑著說出這番達觀的言論後——

「本人很喜歡香港藍幫，很希望這個藍幫能延續到未來。極東戰役，所謂的戰爭，同時也是觀察敵我雙方中優秀的將領……找出後繼者的手段。而現在，遠山先生就是本人的第一希望啊。」

——但想必您應該不會自願擔任這種角色吧？本人已經明白這一點了。

他彷彿是把最後的這段話吞回肚子裡似地，將瞇細的眼睛望向香港島的方向。

「本人在香港能夠像這樣保持藍幫的安靜，頂多也只能再撐一、兩年了吧？上海藍幫跟隨著中國的經濟成長，正逐漸強大起來。中國本土與香港之間思想的差異——也就是所謂的『中港矛盾』，在藍幫之中也是存在的。香港藍幫是古藍幫，雖然跟自由石匠同樣是一種互助組織——然而新藍幫，也就是上海藍幫，卻比較相似於在日本所謂的黑道。中國俗話說，學好千日不足，學壞一時有餘。要是被上海藍幫侵占，香港藍幫也會跟著變得凶暴，是顯而易見的一件事。」

聽到諸葛預言著這樣悲觀的未來……

我心中依然沒辦法湧起打算協助他的想法。

很可惜的是——藍幫那樣的命運，大概已經無法改變了。諸葛或許期待著，如果我能夠成為首領，就能夠改變狀況。然而很抱歉，我身為一名武偵，是不能成為無法之徒的領導者的。

不過，姑且先不管這件事情……

這個男人有一點讓我感到很不順眼。

因此，我還是提出來讓他明白好了。

「看來腦袋太好也不是一件好事啊。」

我先說出了這句話後——

稍微沉默了一下，讓諸葛轉頭看向我。

「……有能力預測未來，或許是一件好事。但這個世界上不可能會有什麼『絕對會變成這樣』的預言。即使是那個夏洛克，也有推理失誤的事情啊。」

聽到我提出兩人曾經共通的好敵手，諸葛稍微露出了「哦？」的表情。

「請問那是真的嗎？像他那樣的男人，請問究竟是對什麼事情推理錯誤了？」

「就是我的事情。」

「哦哦！原來如此！」

「你也接受得太誇張了吧，喂！總、總之我想說的是……你不要一下子就放棄一切了。這句話我也曾經跟猴說過，會輕易放棄是中國很差勁的一項文化啊。說是比較看得開或許很好聽，但即使如此，我還是要這麼說。雖然你不是武偵，但我們武偵之間有一句話——」

我擺出像蘭豹在強襲科訓話時的態度，看著諸葛的眼睛。

「——武偵憲章第十條。不要放棄。武偵絕不放棄。諸葛，既然你對自己預測的未來無法接受，那就努力反抗啊。我也是不斷反抗，才活到現在的。就算臨死，也不放棄啊。」

諸葛在不知不覺間……

把他眯細的眼睛稍微睜開，注視著我。

接著，又恢復他一如往常的笑咪咪表情，從海灘椅上站起身子。

「嗯……本人相當喜歡遠山先生──喜歡日本人那樣的地方呢。」

他轉身踏出小步，準備離開陽臺的同時……

「……能夠跟傳聞中的『化不可能為可能的男人（Enable）』交談，本人感到相當高興。雖然說是謝禮也很奇怪，不過今天就請您也繼續留在藍幫城吧。畢竟我想您在事前應該也需要有時間進行思考才對。然後到了明天晚上，就讓大家一起來進行一場和平交涉。本人真心期望，最後的結論不會是『決鬥』──也就是我方必須殺掉如遠山先生這般有才華的人物啊。」

「殺掉──你以為我會輸給孫嗎？還真強勢啊。」

「是的，我方相當強勢。因此也希望您對於這場交涉，能夠做好心理準備。雖然剛才您說過，『這世上沒有絕對的預測』。但關於這件事情，本人抱有絕對的自信。孫絕對可以打敗您。古今中外，沒有任何人能夠贏過如意棒，未來同樣也不會有那樣的人物。」

「……」

看來……

即使是談判交涉，也會是一條艱困的路啊。

諸葛也隱約在警告我了，對於擁有必殺雷射的孫……老實講，我也很不想交手。

而為了避免戰鬥，想必我們就必須要接受對方提出的幾項條件吧？

在那些條件中，恐怕──

也包含了要我**加入藍幫**的事情。

萬一真的變成那樣……巴斯克維爾小隊就會有全員背叛成眷屬，或是各自分裂到師團與眷屬的風險了。我必須要趁現在，好好思考一下談判對策才行啊。

以前爺爺說過，要想事情的時候，邊釣魚邊想最好……

於是我決定到藍幫城一樓的一個像小碼頭的地方，一邊垂釣，一邊思考談判對策了。

我比手畫腳地對綁著包包頭的女僕小姐表達『我想去釣魚』的意思，結果在香港似乎不用釣竿的樣子，於是她給了我一個上面纏著釣魚繩的塑膠捲線器。

我原本還在考慮要不要把薩克遜劍當成釣竿，不過後來想想也很麻煩，就直接把捲線器拿在手上──接著把看起來像櫻花蝦的魚餌掛在魚鉤上，丟入海中，坐了下來。

當這世上的現充們或許正在準備派對的聖誕夜上午，我卻拿著奇怪的捲線器在釣魚。

……算了，想笑就笑吧。

據說這裡可以釣到泥鰍呢，而且還是沒有毒的。

（如果交涉決裂而演變成戰鬥的話，對方也會有所損失。身為領隊的諸葛看起來是穩健派的，應該不會提出太誇張的要求……例如說『無條件投降』之類的吧？既然這樣，我們這邊又該提出什麼條件呢……？殼金，我也已經拿到了……）

根本沒有進入什麼爆發模式的我，雖然眺望著海面思考著……

但俗話說，笨人想事情，跟休息沒兩樣。

我完全想不出什麼好點子。

早知道這樣，我就更認真去上「戰略I」的課程啦。

而且據說可以釣到爽的泥鰍也半條都釣不到。我很不會釣魚啊。

「──你真不會釣魚呢。」

聽到有人直接把事實說出來，讓我不禁轉頭一看……

就看到一名穿著變調中國風的女僕裝、我似曾見過的少女。

頭上還綁著辮子狀的變形雙馬尾……

「……院！」

正是我在北角感到徬徨無助時，救了我的院美詩。

「原來妳到藍幫城來啦？真是太驚訝了。」

「我沒想到你就是那個傳說中的男人呢。我當時見到你跟孫大人在路面電車上打鬥，嚇得跟藍幫的幹部報告之後……就被問了一堆事情，我真的傷透腦筋了呢。我說我跟你『一起睡過一晚』，結果大概是我的講法不好，讓他們誤會了。然後他們就要我當你專屬的接待小姐，把我帶到這裡來啦。」

不知道為什麼紅起臉來的院，走到我旁邊蹲下來後……

「你跟我來。」

似乎有點在意背後的樣子，小聲對我如此說道。

「……？」

在院的後方、屋內的窗邊——站著一名感覺個性很強硬的二十多歲女性。

她身上也穿著一套女僕裝，不過看起來比院身上的稍微再華麗一點。

「女傭長大人說，『猴大人表示希望跟遠山見面』。」

院露出還有點搞不清楚狀況的表情，在我耳邊小聲說著。

猴嗎……？

在進行交涉之前，我可以跟猴見面啊？

如果真是這樣，對我方來說是相當有利。畢竟猴真要講起來的話，對我是比較友善的。幸好我當時有送她金絲全蛋麵當禮物呢。

只要順利的話，搞不好就可以打聽出孫的弱點了。例如說，抓住尾巴就會變弱之類的。

雖然這件事對我來說是求之不得啦——

「可是對藍幫來說，沒問題嗎？」

「怎麼可能沒問題？我至少也有聽說過大致上的狀況了呀。可是女傭長大人的階級比我高五級，猴大人的階級甚至比我高十一級。我怎麼可能反抗嘛？」

就像我被學長或老師盯上的時候一樣，院那雙強勢的眼睛變得有點弱了。

……我用眼神指向站在窗內的女人——

「那個人就是女僕長了吧？她懂日文嗎？」

「她不會日文啦。」

「那我們就用日文交談。畢竟我在這地方的立場也還很微妙啊。」

我們說著，走向女僕長的地方。

女僕長一句話也沒說，就走在前頭帶領我們。似乎負責看門的女僕則是由院說明狀況，請她打開了通往地下階梯的門。

樓梯與走廊上設置了好幾道門。就在我們一一通過那些門的時候——

我姑且對走在一旁的院道歉。

「……我並沒有欺騙妳的打算。我們在北角相遇的事情，真的只是偶然而已。」

「我知道啦。畢竟你也不是那種人呀。」

院也用日文回應我之後，笑了一下。

真是個好女孩啊……確實很像在重視義氣與人情的貧民區長大的孩子。

「猴大人因為當時對你的追擊太過火的關係，就被幽禁在這裡，順便讓身體休息了。這同時也是在形式上幫昭昭大人們頂罪。」

院接著又小聲對我如此說明著。不過……

我總覺得在藍幫內部會做出這樣的處分並不意外啊。畢竟昭昭她們感覺就是很會找藉口，或是找人當代罪羔羊。而猴又是完全相反的個性。

看來猴被欺負得很慘的樣子。明明她是個那麼強的戰士說。

之前在北角，她也是被當成跑腿的。

（總覺得她真的就像是我在巴斯克維爾小隊中的立場啊。實在教人同情。）

我嘆著氣的同時，來到了一間中國風的牢獄……咦？

這環境比我想像中的還要好呢。

有座燈照明，也有裝了桃子的水果盤。或許是猴的興趣，房間裡還有解謎書。

我決定中斷我的同情了。

原來會睡在防彈櫃或是甕中的人，只有我而已。我真是個可憐的戰士啊。

猴的背部跟尾巴朝著門外，躺在一張華麗的榻榻米上玩著數獨——

「猴大人，小的將遠山大人帶來了。」

聽到院對她喊了一聲後……

「啊呀！」

剛才還把尾巴彎成『？』的形狀、讓超級迷你裙看起來很危險的猴，慌張地跳了起來。

接著在半空中擺出跪坐的姿勢，「咚」一聲落在榻榻米上。跟白雪偶爾會表演的特技還真像呢。

「呃……話說，妳為什麼要穿著名古屋武偵女子高中的制服啦？」

有點受不了短裙的我稍微抱怨了一下後……

「這、這是……昭昭在日本給遠山添麻煩的時候，狙姊就是把名古屋武偵女子高中當成據點進行各種準備的。而狙姊把她當時拿到的制服穿在猴身上後，昭昭們就莫名覺得很中意……」

原來是那樣啊？

哎呀，確實她穿起來是很適合啦。只是對我個人來說，有點不知道眼睛該往哪裡看就是了。

而且當我看著猴的裙子周圍時，院又會莫名其妙地在一旁對我露出嚴肅的眼神。

「……我也覺得、穿著這種讓身體露出來的衣服、很害羞呀……」

「別在意，我只是想確認一下妳到底是猴還是孫，所以稍微引誘妳講話罷了。看來妳確實是猴的樣子。」

「是……」

「昨天，孫跟我打過一場。後來妳的狀況怎麼樣？看起來好像精神還算好的樣子啊。」

「其實並不好。以孫的人格活動的時候，身心都會累積疲勞，因此長時間那麼做之後再恢復成猴，猴就會覺得全身無力。當然現在已經可以正常戰鬥了，不過再休息一天半左右，應該可以讓狀況更完美。所以說……猴就被命令在這裡待命了。」

……原來如此，所以諸葛才會提議到明天晚上再進行和平交涉啊。

不過，他應該不會讓有失控危險的孫坐到談判桌上才對。

因此到時候會出席的，應該是猴。孫頂多只是對方為了談判決裂時準備的王牌——

「猴有聽昭昭們轉述過遠山你們跟孫的戰鬥。遠山你們之所以能夠打到最後都沒有被殺掉，想必是因為孫從頭到尾都只是在玩耍而已。但是，孫的個性很不服輸。她下次一定不會再抱著玩耍的心態，而立刻打敗你們的。她就是那樣的女人。」

沮喪地垂下視線的猴，似乎也很確定孫會把我殺掉的事情。

「……我們確實有再度戰鬥的可能性。現在只能祈禱事情不會變成那樣了。」

「遠山，請你把孫殺了吧。雖然你在這裡把我殺掉，會引起一場混亂，不過只要在猴變成孫戰鬥的時候殺掉，藍幫應該也不會說什麼才對。這樣一來……就能夠、拯救我了。」

從孫的命運中，拯救猴——

這是我之前在爆發模式的時候，下定的決心。

然而……

這種做法，真的算是一種拯救嗎？

同時擁有猴與孫兩顆心的一名少女。

要將她們分離的方法，竟然只有殺了她。

竟然只有殺了她，才能拯救她……！

「好，那就殺了妳吧。」

忽然用日文開口講話的女僕長，啪哩啪哩……

將自己臉上那個像特殊化妝的面具剝了下來。

從底下露出來的臉是——

「理、理子……！」

在感到驚訝的我身邊，院也露出『呃！』的表情。

「……現在還有交涉的機會啊，理子。別說莫名其妙的話。武偵法第九條也有規定——」

「金次對蘿莉還真天真呢。你不殺了她，她就會殺了你喔？那個雷射可是超必呀。」

穿著女僕裝的理子，原地蹲下來，注視著猴的右眼。

接著……

「別囉哩囉嗦了，快告訴我關於那個雷射的事情。我之前也是覺得被那個打到應該很不妙，才會想辦法不讓它發射的呀。」

她彷彿在審問似地，逼近猴面前。

「有沒有什麼反擊技？像是用鏡子反射，或是用蒸氣削弱之類簡單的方法？妳說說看嘛，小猴～」

理子說到最後，甚至開始發出諂媚的聲音。可是……

猴卻連同她那像無精打采的貓耳一樣的頭髮，用力搖著頭。

「如意棒是一種像熱線槍的東西。用鏡子只會立刻被熔化，蒸氣也只會被吹散而已。」

哎呀……

我想也是。畢竟那威力跟雷射筆完全不一樣啊。

像GⅢ的護甲當時就像紙糊的一樣被貫穿了，而且還是連同護甲底下的GⅢ一起。

我想那招應該連裝甲車──不，甚至是戰艦的裝甲都能貫穿吧？

「……如意棒是無敵的矛，也就是在『矛盾』的故事中，那把『什麼東西都能刺穿的矛』。因為可以**用眼睛直接瞄準所有看見的東西**，所以也不會發生射偏的狀況。光線是直線前進，也沒辦法改變路線或是讓它扭曲。速度是光速，所以發射之後也沒有方法閃避。因此，不讓它發射——峰理子的對應，應該是最正確的了。」

看到猴露出『這麼強真是對不起』的表情，垂頭喪氣起來……

理子也用表理子的臉，露出無奈的表情站起身子。

「這下沒轍啦，欽欽。對手擁有太過強力的武器——『就不讓對方使用』。果然只有這個方法而已了。」

「這樣應該沒辦法讓所有人都接受結果吧？最重要的是，這裡是藍幫的地盤。如果孫或是昭昭們故意挑剔抗議，搞不好又要再打一場才行了。雖然這些話都是以『事態演變成決鬥』為前提啦。」

我將雙手交抱在胸前，陷入沉思。

就稍微改變一下觀點，再問問看吧。

「我也想要掌握一下那招雷射的詳細狀況，所以妳告訴我那個特性吧。」

「是，猴原本就是打算要告訴遠山的。請問你想知道什麼？」

「我想想看。如果把那招……想成是能夠將貫穿力極高的穿甲彈發射出來的狙擊槍……的話……首先，我想知道它的裝彈數。它可以發射幾次？能夠連續發射嗎？」

「關於這一點，就只有一發而已，不能夠連續發射。雖然在亂鬥中，有時候為了嚇唬敵人，可以裝出要發射第二發的樣子。不過那只是讓右眼發光而已。」

——裝彈數，只有一發嗎？

雖然感覺好像很不方便，但以一招必殺技來說，應該算是很合理的構造吧。

畢竟只要射出一發，就絕對能夠擊敗敵將了。根本不需要第二發啊。

「再裝彈大概需要多久的時間？」

「大約需要一朝一夕——二十二到二十四小時。雖然我也可以現在隨便射一發，但是只要仔細觀察虹膜，就可以知道有沒有發射過了。因此……那樣做應該只會讓談判中斷、延期一天而已吧？請你們就想成，萬一談判決裂，猴就會瞬間被轉換成如意棒裝彈狀態的孫了。」

再裝彈需要的時間，大約一天。

雖然是很不錯的情報，但仔細想想好像沒什麼意義啊。

畢竟只要被發射出來就完蛋了，而且就算讓猴隨便射一發，似乎也會被發現的樣子。

「雷射的照射時間呢？」

理子在一旁問道後……

「猴沒有計算過，不過大概是零點零幾秒吧？」

「哦~還真的是一瞬間呢……雷射的直徑呢？大概多寬？」

「大約是瞳孔的一半，七公釐左右。」

……嗯～得不出什麼有用的情報啊。

或許用詢問槍械性能的方式來問這些問題，也不會有什麼進展是嗎……？

「雖然妳剛才說過如意棒是『什麼東西都能刺穿的矛』，但世界上不可能會有那種玩意。例如說，像地球就沒辦法貫穿吧？」

聽到我什麼話不好講，竟然講出這種像小學生的發言，猴不禁苦笑了一下——

「那確實辦不到。」

我原本還在擔心她如果回答我「辦得到喔」的話，到底該怎麼辦的。不過還好這回答算是符合常識啊。

「在漫長的歷史中，妳有沒有遇過什麼沒貫穿過的東西？」

「啊、呃，猴想起來了。在第二次世界大戰的時候……猴曾經有差一點被抓去當軍人的經驗。雖然猴當時趁著實驗的時候脫逃出來了，不過在那實驗中——有一塊裝甲板，即使猴用盡全力射擊，也只能射到最後剩下幾公釐的厚度，沒辦法貫穿……」

「哦！是什麼裝甲板？」

「就是戰艦大和號。」

……呃……

「正確來說，是國民黨軍從美軍那裡獲得的共享情報中，靠著『應該是這樣吧？』的想像而做出來的主砲防禦盾。厚度六十七公分，用高張力鋼鐵製成的。」

我在強襲科的副教科書中有讀過，大和艦的裝甲在最厚的部分有六十五公分。雖不中亦不遠矣啊，中國軍。

話雖如此……

「理子，妳去把大和艦偷過來吧。」

「感覺有點太重了呢～」

我跟理子都露出苦笑，互看一眼後……兩個人一起沮喪地垂下了肩膀。

我剛才還在想說，那招搞不好連戰艦的裝甲都能貫穿也不一定。沒想到還真的能夠貫穿啊。

而且那種戰艦等級的裝甲，也不是一、兩天就能準備的東西。

即使拿到手了，也不可能像鎧甲一樣穿在身上啊。

這下沒轍啦。

「猴，有沒有什麼密技之類的啊？像是即使讓它發射，也能夠勉強擋下來的方法。」

面對「向敵人詢問打倒敵人的方法」這樣陷入末期症狀的我——

「沒有。」

猴很明確地搖搖頭，接著用她那雙黑色的眼睛抬頭看向我。

「……嗚……！」

對猴的這個眼神感到似曾相識的我，不禁緊張起來。

那眼神──是之前在北角的路上，猴抱著死亡的覺悟時讓我看到的眼神。

「不過──或許也有讓別人看起來像是讓雷射發射卻沒射中的方法也不一定。雖然這方法需要各式各樣的前提。但是只要能在成功之後立刻把孫殺掉，應該就不會留下什麼證據了。」

「讓它發射、卻沒射中……？」

我不禁皺起眉頭後……

「──在遠山的同伴中，有一位日本的巫女吧？」

翻起眼珠的猴突然對我問了這樣一件事情。

「……？妳是說白雪嗎？確實是有啦，不過那又怎麼樣？」

畢竟我們剛才也問了她很多事情，所以我老實回答她之後……

「她的姓氏應該是『星伽』。請問我有說錯嗎？」

「……不，妳說得沒錯。」

「她應該有拿著一把太刀──日本刀吧？」

聽到猴接二連三地說中了關於白雪的事情──

「是啊，她確實有一把日本刀。真虧妳會知道這些事啊。難道孫有寫什麼日記嗎？還是妳從藍幫那裡聽說的？」

聽到我這麼一說，猴回答了一句「不，那是因為猴感覺得到那把刀的存在」之

後──

「唔……可是，她卻沒有用刀把孫變回猴，或許是代表她還不知道孫的真面目……哎，雖然猴也希望事情只是因為那樣啦……」

猴露出有點傷腦筋的表情，開始自言自語地小聲嘀咕起來。

「喂，難道說──白雪的刀，能夠把孫變回猴嗎？」

「是的，反過來也可以。但是，星伽家……在悠久的歷史中，搞不好已經讓使用那招的術式失傳了也不一定。如果真是那樣的話，我的作戰就沒辦法成立了……不過接下來，我還是把『白雪知道那個術式』為前提，繼續說下去吧。」

「等……等一下，為什麼白雪會跟孫扯上關係啊？妳剛才還說過『孫的真面目』什麼的……妳、或者應該說是妳們……到底是什麼人物？」

被我這麼一問，猴再度抬起頭來。

「星伽家就是在古代，從日本帶著緋緋色金渡海而來──遵照當時皇帝的要求而改變了我的巫女──緋巫女一族。而白雪就是那個後代。」

她對我的第一個問題，提出了讓人驚訝的回答。

接著──又對第二個問題提出了更教人吃驚的回答。

「猴終究只是猴而已。不過孫，是一個不完全的神──不完全的『緋緋神』。」

……………！

——緋緋神——

亞莉亞因為讓緋彈被射入身體中，而有可能會變成的暴亂戰神。

原來那……

跟那個孫是屬於同類的存在嗎？

聽到猴隔著鍍了金的牢籠對我們說的話，我跟理子都忍不住停止了呼吸。

她接著又告訴我們。

「——在我的胸口中，有一塊緋緋色金被埋在無法被取出來的位置。那是從前，星伽家的巫女靠外科手術的方式埋進來的東西。」

確……確實很像。

跟夏洛克將大質量的緋緋色金——也就是緋彈，射入亞莉亞體內的狀況，非常像。

看來她這些話，並不是隨口瞎說的……！

「星伽家的刀，是為了操縱人類無法控制的緋緋色金力量——而造出來的人造物。以現代的講法來說，就很像是控制棒的東西。『佩特拉之鑰』就是利用那個碎片做出來的。」

——控制棒。這個詞我有聽過。我記得是孫看到白雪的刀時，脫口而出的。

那把刀的刀銘，是色金殺女。

色金殺女曾經有一度被佩特拉從星伽神社偷走過。

雖然我們後來在安蓓麗奴號上把它搶回來了，不過大概是在那之前，佩特拉就有從外觀看不出來的地方……例如說從刀刃向下延伸、被刀柄包覆的金屬部分……稍微削了一點下來吧？

色金殺女（Irokane Ayame）與——色金（Irokane）。

雖然我沒有像剛才理子那樣的意思，不過這兩個詞確實就像開諧音玩笑一樣互相吻合。

為什麼我過去從來都沒有察覺到這兩個詞之間那麼明顯的關聯性呢？

Ayame 雖然聽起來很像是花的名字，但同時也可以讀成「殺害」或是「危害」等等影響對象的詞彙啊。（註3）

就算沒有完全聽信猴所說的話——

不過至少「色金殺女」跟「緋緋色金」之間，應該存在著什麼關係才對。

但是，為什麼？

以我周圍的人來說，白雪與亞莉亞，這兩個人都跟緋緋色金有關係。

難道這兩個人的相遇並不是偶然嗎？

我不知道。

註3「菖蒲」、「殺め」、「危め」在日文中皆讀成「ayame」。金次在故事中只知道「色金殺女」的讀音，並不知道其漢字寫法，因此才無法立刻將它與「色金」聯想在一起。

我這顆根本不是爆發模式下的腦袋，對於這件事是越想越不能理解。

搞不好在我的周圍，從很久以前開始，就在不知不覺中……有某種早已被設計好的東西慢慢在蠢動也不一定。而且恐怕是在亞莉亞與白雪她們也無法察覺的領域下，有某種大規模的東西——就像夏洛克當時在背後引導著事件的伊·U一樣——正在暗中活動著。

或許就像諸葛剛才說過的，必須要靠著遠大的視野思考事情，才有辦法看清楚那東西的真面目。然而就像那傢伙形容的，我是個住在小島國的少年。我不清楚跟這個原因有沒有關係，但我的個性就是只看得見身邊的事物而已。

看來這不應該是我只靠自己一個人的力量去思考就可以的事情啊。

——彷彿是把陷入沉思的我拉回現實般……

「……如意棒在發射之前，會有一段蓄氣的時間。」

猴把話題拉回自己的攻略方法了。

「那就是右眼發出紅光的時候，相當明顯。那亮光會越來越強烈，到某個瞬間會忽然增強亮度。到了那個時間點之後，就沒辦法取消發射行為了。因此請你看準那個時機，然後讓星伽巫女利用控制棒——把孫變成猴。猴會故意讓雷射射偏，接著就請遠山立刻把猴殺了。」

聽到這句話……我……不禁沉默下來。

把猴，連同孫，一起殺死。

這種事情，我實在不想做。

把眼前這個天真無邪又文靜的猴……不，即使是粗暴的孫也是一樣，我都不想殺掉。

可是……

我知道。我很清楚。瞥眼看向我的理子，也很清楚。因此我們——只能沉默了。

——這項作戰，應該**可行**。

只要我、孫與猴、白雪，所有人的條件都湊齊的話。

另外……

讓別人看起來像是我打倒了孫，讓藍幫也相信那一幕的方法……或許只有這麼做了。

這一點我也很清楚。

「遠山，關於這件事，猴就交給遠山了。跟星伽巫女的私下商量，以及遠山的心理準備，應該都需要時間。不過我相信，你只要一朝一夕的時間，就能夠辦到才對。遠山是男孩子。雖然這方法有點像是在作弊，不過這次請你——一定要確實獲勝。」

猴說到這裡——對我露出微笑。

在說完殺死自己的話題之後，為了讓負責動手殺她的我不會感到害怕猶豫。

那是何等的……勇氣、膽量，不……覺悟。

猴雖然外觀上看起來像個小學生，不過她其實是個非常成熟……

就像中國古代的戰國武將一樣，是個勇敢的女傑啊。

3彈　死亡遊戲

後來——

關於猴的作戰，就連理子也說「交給欽欽決定吧，仔細考慮一下比較好喔。」然後全盤交給我了。

於是我整個白天與黃昏，都一邊看著亞莉亞她們依舊吃飽睡、睡飽吃的模樣，一邊在藍幫城內思考著。但是……

除了猴提出的作弊作戰，我實在想不出其他好方法。

可是這個作戰我又很不想接受。

（還是我乾脆就加入藍幫算了……？）

到最後，我甚至還有點認真地開始考慮起這種事情來了。

然而，這個主意我也不能接受。反正我就算那樣做，接下來又會被捲入藍幫的內部鬥爭了吧？

上海的人數有香港的三倍以上，要是讓他們派一堆超人攻過來，我們肯定會招架不住的。畢竟連「孫悟空」這種角色都有了，他們搞不好真的還會搬出傳說中的那種長長的中國龍也不一定。要是讓那種玩意像蟒蛇一樣纏在身上，然後用力擠壓試試看，絕對會全身複雜性骨折、變得像章魚一樣啦。

就在我腦袋想像著這樣絕望的戰鬥構圖時……

不知不覺間，就到晚上了。

我在綁著包包頭的女僕小姐們招待下，來到一樓的大食堂──

「金次，聖誕樹呢？」

早已坐在圓桌旁、期待著晚宴的巴斯克維爾小隊成員中，亞莉亞對我瞪了一眼。

「我說妳啊……」

在我都開始感到鬱悶的時候，妳還在想著什麼聖誕樹喔？

「我不是早就叫你去準備了嗎？真是的，聖誕節竟然沒有聖誕樹，簡直教人不敢相信呀！」

亞莉亞把上半身趴在桌子上，像個小鬼一樣鬧著彆扭。

正感到心情不太好的我，雖然有想過要不要用貝瑞塔的握把狠狠敲她一下，不過我很清楚那樣的行為只會讓她對我做出一京倍的反擊，所以還是強忍下來了。所謂對亞莉亞的危機管理，就是只有忍耐而已啊。

「那妳就去拜託藍幫啊。他們一定會在五分鐘之內幫妳準備好的。」

「那種事情我知道啦，這個吊車尾。可是我們現在還是和平談判前不是嗎？他們要擅自準備的話我就沒話說，但如果是我們提出什麼要求，就會讓他們在談判上有機可乘啦。」

哦～？

姑且不論她罵我「吊車尾」的事情，不過看來亞莉亞也是有搞清楚立場在行動的啊。

仔細一看，她們確實在衣服洗乾淨之後，就沒再穿那些華麗的中國服，而換成武偵高中的防彈制服了……而且各自的武器雖然藏得不太明顯，不過都乖乖帶在身上。看來她們在心中至少還沒有完全放鬆警戒的樣子。

哎呀，雖然她們一臉期待著美味的中華料理上桌的樣子，看起來只像一群食客而已啦。

「我坐妳旁邊囉，白雪。」

「好、好的。」

以「安心・安全」為信條的我，選擇了相對上算是乖乖牌的兩人（白雪與蕾姬）之間的座位，坐了下來。

「那、那個、小金，昨天晚上真是對不起喔。我有聽蕾姬說過，好像我昨天做出了很沒規矩的事情……可是，我卻完全不記得晚上發生過的事情……」

「……呃……哦、哦哦……」

這也、太糟糕了吧……！

白雪是喝醉之後大吵大鬧，酒醒之後又全都忘記的類型嗎？這應該是我想得到的類型中，酒品最糟糕的人了。

這傢伙成人之後還真是教人害怕啊。

（……話說回來……）

關於色金殺女的事情。

還有猴的作戰。

我還沒有對白雪提過隻字半句。

就算亞莉亞跟緋彈之間的關係等等的事情遲早要讓大家知道，但現在並不是什麼好時機。我想應該要先想辦法解決掉目前跟藍幫的問題之後，如果可以的話，讓玉藻之類的人物當顧問，然後再跟大家說明會比較好吧？

然而，關於作戰……時限也近了。我到底該怎麼做才好……

「——欽欽，你決定好了嗎？」

理子這時把上半身探到桌面上，在我耳邊小聲說道。

她這動作讓我剛才的「安心・安全」思想完全白費了。胸前的乳溝看得清清楚楚啦！

「什、什麼事啦？」

「要採用那個方法嗎？還是你有想到其他辦法？」

她這是……

在講猴的事情吧。

「我還沒有決定。不過也還沒想到什麼其他的辦法。」

我老實回答她後——

「太慢了啦。要不然你就現在決定，或是想出其他辦法。理子可是很信任欽欽的喔？」

理子提出了這個無理的要求後，就把上半身縮了回去，而且還順便摸了一下亞莉亞的大腿，「呀——！」地引起一場騷動。她這是為了不要讓別人對我們的竊竊私語起疑，所以故意引開周遭注意的動作。

怎麼回事？

理子到底在焦急什麼？

我不禁皺起眉頭，環顧四周……才發現了些微的異狀。

諸葛還沒有現身。

他明明之前用餐的時候都會跟我們同席，然後在餐前像個主廚一樣對我們說明料理的食材與調理方法的說。

（難道那傢伙身體不適嗎……）

如果真是那樣，我是不是該稍微去探望一下？

不，些微的異狀——不只是這一點而已。

之前只要我們五個人都坐到位子上，對方就會馬上端出豪華的料理才對。可是今晚卻還沒有上菜。

對於這個不對勁的感覺，不只是我，連亞莉亞跟白雪也開始注意到了。

剛才的理子……應該是早我們一步，察覺到這些事情了吧？而她之所以會摸亞莉亞的大腿，大概也是為了確認亞莉亞有沒有帶槍。

就在我們稍微開始緊張起來的時候，我們正前方的門——

忽然「碰！」地一聲，被不速之客用雙手打開了。

「——嘻嘻嘻！」

是猛妹。

因為她拿掉了昨天的接髮，變成一頭短髮雙馬尾，所以我一看就知道了。

另外……

我還看到她的手中抓著一名女僕的脖子，把那名女僕拖了出來。

那位彷彿戴了口罩似地，被人用布綁住嘴巴的女僕……

（院……！）

是院美詩。

難道她被我跟理子利用的事情被抓包了嗎？

猛妹一邊拖著院，一邊踏著穿了鮮豔絹布做成的女童鞋的雙腳，走向我們面前——

啪！

把一捆像掛報一樣的捲軸縱向攤開，亮在我們眼前，臉上還露出得意的表情。

那捆不知道用毛筆寫了些什麼東西的捲軸上，還印著一個正方形的大印章……

可是我完全看不懂，因為上面全都是異體字的草書啊。

於是……

「……」

昭昭看到站起身的巴斯克維爾小隊成員全都陷入沉默……

「……就讓我來說明呢。這是上海藍幫送來的委任狀呦。」

解除了臉上得意的表情，看著卷軸開始解釋起來。

「上面寫說，『上海藍幫將給予遠山金次武大校之位，以及終身契約預付三千萬人民幣。曹操姊妹全納為其正妻側室。在遠山學得中文前，派任女性教師。』這樣呢。」

因為聽到委任狀的後半，亞莉亞與白雪都紛紛露出殺人眼神的關係——

我原本還在計算三千萬人民幣等於多少日幣的不正經想法也頓時煙消雲散了。

「另外還有『神崎．H．亞莉亞為武中將，星伽白雪、峰理子、蕾姬為武少將，所有人皆配發為遠山金次之部下。根據以上條件，將巴斯克維爾小隊納入藍幫。』呢。金此的『大校』大概等於『旅團長』的地位呦。比那高的階級，找遍全藍幫也不知道有沒有二十人呢。也就是說，這等於是直接列入位階二十級左右的破格待遇。如果拒絕的話，就是宇宙規模的大笨蛋呢。如果金此真的有那麼笨的話——我們還有得到許可，依照極東戰役的規定跟你們進行決鬥呦。」

換句話說……

就是『現在給你地位、金錢與女人，所以你到藍幫來當手下。如果拒絕就殺了你。』這樣簡單的意思是吧？

不愧是大陸的人，真是淺顯易懂啊。

「——院，妳有沒有被做了什麼過分的事情？有沒有受傷？」

我把猛妹的話先擱到一旁，對院如此詢問。結果院就用力搖了搖頭。

「你在意這個姑娘是嗎？金此，你很有眼光呦。這姑娘就算被槍口抵著，也什麼話都沒說，裝傻的功力不錯呢。這傢伙以後就給金此當僕人，這樣金此應該也會在藍幫過得比較舒適是吧？」

猛妹看著院，咧嘴一笑後——

「再說，我們根本沒必要套這傢伙的話呢。只要稍微逼問一下猴，就可以知道她見過峰理子了。昭昭們對峰理子扭曲的個性很清楚呦。先不管是用什麼方法，但她一定有做出什麼動作不會錯呢。只要我們這邊像諸葛一樣拖拖拉拉，理子就會做出行動。在知道你們那邊有理子的時候，昭昭們就已經暗中讓上海送出這份委任狀了呢。」

她說著，狠狠瞪了理子一眼。

像不二家的可愛代言人Peko一樣吐舌頭、拋媚眼的理子，在伊·U時代跟藍幫是友好關係。

因此就像她很清楚對方的底細一樣，對方也很清楚她的為人是吧？

而理子應該也早已計算到，自己做出行動的話，早晚會讓事情變成這樣。

不過她之所以現在還表現得一副綽綽有餘的樣子——

是因為剛才跟猴見面的現場，**還有我在的關係**。

是因為她很信任我這張最後的王牌。

她剛才的那句『我很信任你』……

簡單來講，就是宣告把猴·孫的事情全部都丟給我決定的意思了。

她是打算把殺害，或是攻略的事情，全都交給『化不可能為可能的男人』，也就是我處理啊。超過分的。

「……諸葛怎麼了？」

我試著提出應該有辦法收拾這個局面的男人的名字。但是……

「——那傢伙已經退場了呢。諸葛厲害的只有腦袋。上海雖然好像還打算讓諸葛治理香港藍幫，不過那也差不多要結束了吻。」

「妳講那種話好嗎？諸葛是你的上司吧？」

「那也只到今天為止呢。只要金此當上武大校，規定上正妻的階級也會提升。這樣就能一口氣逆轉，讓諸葛變成曹操的部下呢。所以我們就稍微提早一點，把諸葛抓起來了。嘻嘻嘻！」

大概是這一點讓她非常愉悅的樣子，猛妹瞇起雙眼，發出開心的笑聲。

「——金此，這份委任狀就是我們的最終交涉．兼．昭昭的求婚吻。透過政治婚姻，讓藍幫跟巴斯克維爾變朋友。你們以後就跟我們一起朝藍幫的頂點努力呢！」

雖然昭昭一個人開心得原地又跳又叫——

可是從她說出『求婚』這個ＮＧ詞彙開始，亞莉亞跟白雪就露出地獄惡鬼般的眼神，理子跟蕾姬則是露出冷淡的眼神，紛紛看向我的方向。

要是我對昭昭脫口說出什麼「好，就這麼辦吧！」的話，應該就會被我方的這四位女生當場殺掉了吧？

因此，我跟中國新娘的這場婚事，就恕我拒絕啦。

而且既然要拒絕……

我就要在巴斯克維爾的女生們面前表現得帥氣一點才行。

畢竟我自從來到香港之後，又是迷路、又是讓猴逃跑，感覺一點都沒有為小隊做出什麼貢獻啊。要是我不乘現在提升一下自己的形象，就會變得很沒立場啦。

「看來這是上海方面的失誤啊。他們挑錯人選了。」

於是我擺出架式，說出這句話後，用銳利的眼神——

「——如果是諸葛的話還好。可是昭昭，妳完全不行。」

明確地告訴對方，你們搞錯**談判人選**了。

雖然我覺得自己「真是帥透啦！」可是……

……咦……

昭昭怎麼好像有點臉色發青地往後退一步了？

「……你、你……娶新娘、要男人比較好嗎……」

呃……！

我不是那個意思啦！

正當我抬起頭想要抗議的時候……

竟然連巴斯克維爾的女生們，也全都稍微避開上半身，從我身邊退開了……！

「金、金次你這個人……雖然我以前就覺得你跟華生好像莫名要好的樣子……

而且，你雖然不太會主動提到你哥哥的事情……不過，你們果然是同一家族出生的呢……啊、不、我並沒有歧視的意思喔……？」

「小、小金……我才想說你為什麼遲遲都不願意領我的情……原、原來是這麼一回事呀……？這樣的話，會對子孫繁榮造成很大的障礙……」

「嗚咻～……這要跟小夾報告一下才行……薄薄小冊子要變厚了呢……考慮到過去的前科，代表你應該是兩邊通吃吧……真不愧是欽欽……」

「………………」

就連蕾姬的沉默都變長了……！

「我、我不是在講那件事啦！我是說和平交涉！派出來的人選！如果維持諸葛人選不變的話，還比較好的意思！啦！」

看到我雙眼充血地拔出貝瑞塔，大家紛紛露出『嗯嗯，知道了知道了，別生氣』的表情。

那有點僵硬的笑臉，看起來就像是在安撫少數族群一樣。

該死……！

難得我想提升一下自己的形象，這下反而讓所有女生都對我退避三舍啦……！

唉、算了。這件事我等一下再跟她們說教吧。

我像弗拉德一樣深深吸了一口氣後……

「──全體注意！」

用蘭豹式的口令大吼一聲，重整巴斯克維爾小隊的注意力。

於是大家暫時都正經起來了。

「我以隊長的身分對妳們發出命令。妳們在這裡應該已經吃飽喝足，接下來就是工作的時間啦。正所謂『天下沒有白吃的午餐』啊！」

我說著，拉正自己的衣領。不過並沒有收起貝瑞塔。

——要開戰了。

我藉由不把槍收起來的動作，向大家宣示這件事情。

「昭昭，雖然我講這種話很奇怪，但妳應該要把視野再放寬一點才行啊。在日本，有這麼一句話——『這不是錢的問題』。要是妳以為靠金錢跟地位就能讓全世界的人都如妳所願，那妳就大錯特錯了。在你們國家不是也有一句話，叫『巧言令色鮮矣仁』嗎？」

聽到我說的話，昭昭愣了一下。

她的表情看起來，果然是無法理解這個道理的樣子。

只要給予對方金錢跟地位，即使是敵將也會叛逃到自己的組織來。不這樣做就太奇怪了。

這一點……想必是一種全球性的基本認知。是一個真理，是很合理的想法吧？

但是——

就像我昨晚說過的，在日本也存在著不合那個道理行動的價值觀。

那是很難靠三言兩語就讓對方理解、有點像『文化』的東西。

有時候那種想靠錢財掌握人心的態度，反而會讓對方覺得沒品，覺得自己受到屈辱啊。至少我就是那樣。

她們從頭到尾，都沒有理解這一點。

而我也沒有扭曲這份價值觀的打算。

哎呀，如果我是個更國際觀的人，或許在這方面可以處理得更好也不一定。但很抱歉，我這是第一次出國啊。

另外……

這次最讓我感到火大的，是她們**假扮亞莉亞**的事情。

就算是個山寨大國，那樣做也對亞莉亞太失禮了吧？像亞莉亞本人當時也超生氣的。

再加上我自己差一點就被她們這招攻陷的事情，讓我感到非常丟臉……

所以一旦下定決心要戰鬥了，火大的心情就越來越強烈啦。

我只要遇到對亞莉亞造成的汙辱，就會忍不住有種難以嚥下這口氣的感覺。

畢竟她即使是那樣的個性，好歹也是我的搭檔啊。

「沒法子、沒法子。好，我知道了。也就是金此你甩了昭昭、甩了藍幫對吧？」

在昭昭的臉上，一切讓步的態度都消失了——

只剩下一臉冷酷的表情。

「既然甩了人，就要接受人家出氣呢。」

昭昭。

在某種意義上，我其實很感謝妳們呢。

我邁向世界的第一步，在這個香港，讓我明白了一件事。

日本社會常講的『哪國人是好人，哪國人是壞人』等等，其實是完全錯誤的偏見……

不管在哪個國家，實際上都有好人也有壞蛋。

在這個中國也是，有像院他們那些北角居民，或是像諸葛一樣——明白事理的好人。同時也有像昭昭她們這樣，有理說不通的傢伙。

道理就是這樣。

在這一點上，跟日本是一樣的。

日本也是有一堆好傢伙，同時也有一堆壞傢伙啊。

「哎呀，昭昭本來就覺得事情多半會變成這樣呢。雖然我很想讓金此成為同伴，但我放棄了。來決鬥……啦！」

——劈哩！

昭昭一口氣把卷軸撕成兩半了。

不管是好是壞，昭昭她們都在態度上的轉換很迅速啊。

「決鬥這件事也是在我的預料之中啦。但是昭昭，妳們要遵從極東戰役的規則，不准把弱小的人捲入其中。只要妳們能遵守規則，我們也會接受妳們的條件。」

「什麼意思？」

「我們輸掉的傢伙就如你們所願，加入藍幫。當然，我也不例外。」

我為了讓巴斯克維爾小隊的成員們做出覺悟，而有點強硬地決定了事情——不過大家並沒有露出什麼驚訝的表情。

每個人臉上都寫著，自己不可能會輸給曾經贏過一次的昭昭們。

這——都要歸功於咱們家的女生們盡是一堆自信的人啊。

「——是。畢竟昭昭也不想要破壞藍幫城，而且都是因為諸葛告狀的關係，害我們可以用的軍隊人數減少了呢。在這種狹窄的地方，人數太多也很礙事。不過，藍幫方面還是會派出狙姊、炮娘、猛妹、機孃……」

猛妹說著——

轉頭環顧裝飾在牆壁上的鉞斧與柳葉刀等等武器。

我打從一開始就知道，那些東西並不是單純的裝飾品。

它們都是精心製作出來的實戰用武器。而猛妹應該就是在從中挑選這次要使用的武器。

「……還有女傭隊。人數我先保留，不過她們都是守護這座城的精銳特殊部隊呢。

另外，嘻嘻嘻——還有齊天大聖孫悟空——」

猛妹大概是對孫的戰鬥力有絕對的自信，說到這邊就忍不住發出笑聲——

鏘、鏘。

接著把X字型掛在牆上的兩把蛇劍拿在手上了。

蛇劍是一種刀刃的形狀像波浪一樣、設計上相當凶惡的劍。要是被那玩意砍到，會造成很深的傷口，讓細菌容易感染，而遲遲無法痊癒。那並不只是單純砍傷對手而已……而是以給予對手痛苦為目的，通常拿來對付自己痛恨的敵人。而且她竟然還用二刀流啊。

猛妹彷彿在嚇唬對手般，用靈巧的動作「咻！咻！」地8字旋轉著雙劍。

「巴斯克維爾，來玩『死亡遊戲』呢。藍幫城有三層樓，每一層都會有一名昭昭負責防守呦。而屋頂上就是最後的昭昭與孫，另外我們還讓諸葛當見證人呢。哎呀，雖然不知道巴斯克維爾小隊最後能不能至少有一個人抵達那裡啦——我很期待呦。」

……原來如此。

以往通常都是四個人共同行動的昭昭姊妹，這次是因為已經布好陣局，所以只有猛妹出現在這裡是吧？

所謂的「死亡遊戲」——是最後成為李小龍遺作的電影名稱。

片中最高潮的部分，就是李小龍在一座塔中，與每一層分別不同的敵人打鬥的場面。

昭昭似乎就是模仿那個情節，在每一層各自配置了兵力。真是愛玩耍的傢伙啊。

剛才提到的那個特殊部隊……她並沒有告訴我們配置方式，因此我並不知道那些人會從什麼地方冒出來。不過……

「小金，那孩子說的話是真的喔。我可以感覺得到，孫就在屋頂上。」

白雪讓藏在水手服背後的色金殺女發出「鏘」地一聲──

──站了出來。

於是……

「星伽白雪，妳的對手，就是我──猛妹呢。其他人可以先上去。獵物，也要分配給在上面等待的姊姊們。這就是共產主義呦。」

對共產主義提出獨自見解的猛妹，指名要白雪做她的對手。

這是因為她已經知道猴提出的作戰了嗎……？

我原本是這麼想的，不過……

「妳在九月的時候，砍斷了新幹線，讓我們的計畫泡湯了呢。」

說著這句話的猛妹，表情上看不出有那樣的感覺。

看來她大概是因為自己使用中國劍，所以才指名使用日本刀的白雪做為對手的吧？

「那麼，這次星伽候天流——就砍斷這座城給妳看看吧。」

沒有聽我說過任何作戰內容的白雪，也對這個對戰組合感到很有幹勁的樣子。

「嘻嘻！」

昭昭笑著露出犬齒，從酒架上拿出寫著『XO』的白蘭地大酒瓶——用中國劍「噹！」一聲砍斷瓶口，把嘴巴張開朝上……

咕嚕、咕嚕……

將酒瓶倒過來，一、一口氣灌進嘴裡了。

看到這一幕，連白雪也忍不住驚訝起來。

強烈的酒精氣味，甚至飄散到我們這裡。雖然我昨天已經發現白雪很會喝酒，但是跟猛妹的氣勢完全不能相提並論。即使是成年男性也會因為急性酒精中毒而當場暴斃的酒量，猛妹竟然一口氣喝下去了。

「——白雪，小心一點！她那不是單純在喝酒而已呀。那一定是醉拳——的劍術版本！雖然我不清楚是不是騙人的，不過聽說那招是喝得越醉就會越強什麼的……！」

「——這招我也看過兩次了，雖然之前的分量都沒有那麼多啦。不過昭昭的動作會變得很不規則，讓人難以預測。我勸妳不要太小看她比較好。」

聽到亞莉亞跟我提出的警告，白雪「嗯、嗯」地點了一下頭。就在這時——

「金次同學，外面有船集結過來了。」

視力很好的蕾姬，瞥眼看著窗外如此說道。

被她這麼一說，我也看到夜晚的海上出現了幾盞火光。

那些火光緩緩接近著。正如蕾姬所說，那應該是船隻吧？而那個數量——不只是十或二十，甚至有上百艘的船，漸漸包圍了這座城。

如此龐大的組織能力，超出了警察的規模。應該是藍幫的成員吧？

「噗哇！你們發現得真慢呢！」

猛妹把喝光的酒瓶「哐！」一聲砸在地板上。

「哎呀，放心，那些是非戰鬥人員呦。那是為了防止你們游泳逃出藍幫城的牆壁呢。嘻嘻嘻！」

起初見到藍幫城的時候，我還在想說海上到處都是可以逃跑的路徑……

沒想到，我的想法實在太天真了。他們還可以靠人海戰術圍堵我們啊。

現在這座藍幫城變得毫無退路。在大海上，還有人海阻隔。

不過既然事態已經發展成決鬥，我們也沒有抱著逃跑的打算。理子心中怎麼想我是不清楚啦，但管你是用高牆還是柵欄，想擋就擋吧，藍幫。

「那就開始吧……嗝。今晚是戰爭，是戰爭大典呢……」

猛妹像恐怖電影裡的情節一樣，開始搖搖晃晃地走向我們……

雙手上的劍無力地垂下來，拖在地面上，並沒有擺出架式。

從這一點上，就已經完全不遵照劍術的基本原則了。反而是很難應付的對手啊。

接著——

猛妹忽然很有氣勢地大叫一聲後……

「——開戰！」

——噹～～～～～～～～～……！

從藍幫城的正門玄關處，傳來震耳欲聾的敲鑼聲。

呼應著那聲銅鑼聲響，四面八方的海上也傳來「嗡嗡嗡……！」的警笛聲。藍幫的大海，正在聲援昭昭們啊。

面對這樣的場面，讓白雪也稍微露出了畏怯的表情。

敵人這乍看之下毫無意義的「聲援」行為——

實際上有著非常強烈、宛如催眠術般的效果。這一點在運動界算是常識，也就是在客場出賽的時候，對手後援團的加油聲會讓我方的氣勢嚴重被削弱。畢竟當人察覺自己被敵人同夥包圍的時候，不管是誰都難免會在無意識中讓能力下降的。

聽到這宛如海濤聲的陣陣聲援，我也多少感到膽怯起來了。

——然而，亞莉亞卻好像把那些聲音都當成耳邊風似地……

「來，我們就恭敬不如從命，把這一層交給白雪負責，大家上樓去吧。畢竟我也讓身體休息得夠久啦。」

站起身子，「嗶」一聲按下她不知不覺間拿出來、外觀設計上一看就知道是平賀同學製作的動畫風格遙控器。

緊接著——唰唰唰！從擺放在餐廳各處、我昨天晚上也有拿來當睡床的大瓶子中，飛出許多像小衝浪板一樣的東西。

（那是……！）

亞莉亞的ＹＨＳ／０１——滯空裙甲的零件啊。

就在包含昭昭在內、所有人都不禁瞪大眼睛的時候，那些玩意們發出噴射推進聲，飛在大食堂內——

在空中互相結合，接著飛向跑到寬敞空間的亞莉亞背後……鏘！

首先用固定器裝在她的腰後。

莫、莫名其妙地帥氣啊。簡直就像機器人動畫中的變形橋段一樣。

然而……等待著剩下的零件裝到身上的亞莉亞，卻像是被只有後半部推進器的ＹＨＳ／０１往前推一樣，開始「唰！唰唰！」地在地板上滑動起來了。

這似乎完全出乎了亞莉亞的預料之外……

「……呃、奇怪了？」

她皺起粉紅色的眉毛，「嗶！嗶！嗶！」地不斷按著遙控器的按鈕。

結果剩下的滯空裙甲前半部零件……從噴射口發出「嘶……」的洩氣聲，有的撞在食堂深處的桌上，有的墜落到地板上，有的飛出窗外。

……故……故障了、嗎……！

撞在桌上的零件甚至還冒出奇怪的濃煙。

我的媽啊。竟然挑在這麼重要的場合壞掉，平賀同學這下會被亞莉亞控告啦。

「咦！啊、等、等一下！停下來！停下來呀！」

雙腳不斷掙扎的亞莉亞，就這樣——

「喂、喂喂喂……！」

從地板上稍微飄浮起來，在無法控制的狀態下飛過來了……朝著我的方向！

「呃！啊啊！快、快讓開呀，笨蛋金次！」

「——嗚！」

YHS那股即使亞莉亞身材嬌小，也足以讓她一個人的身體飛起來的推進力實在太強勁了——

——噗！

結果非常不幸的我，就算乖乖照亞莉亞所說地讓開了，對方卻還是莫名其妙地飛向我讓開的方向，最後害我被亞莉亞當場撞了個四腳朝天。

而衝撞的聲音之所以聽起來那麼柔軟……

是因為亞莉亞在撞到我的時候，是用她不斷亂踢的雙腳夾住我的頭的關係。

ＹＨＳ因為這場撞擊而停止下來，讓亞莉亞以坐在我臉上的姿勢緊急降落了。

「…………」

不管怎麼說，亞莉亞總算逃過了飛出窗外、消失在夜空中的命運……而全身無力地癱坐在仰天倒地的我臉上。

「哦哦～！哦哦哦～！這真是太強啦！」

「……看來小金真的很喜歡玩這招呢……」

「……」

三個人分別不同的反應，傳入視野被遮住的我耳中（除了蕾姬以外）。

「呃……看來我再喝一瓶好了。」

另外還聽到了昭昭感到無奈的聲音。

沒錯，這情景對白雪來說，應該記憶猶新——

也就是我跟孫在內衣店展開格鬥戰的時候，被孫上下逆轉局勢的姿勢。

「呼……然……樣啊。中……就……了。」

我開口說出來的臺詞，模模糊糊地消失在亞莉亞的雙腳間。

順道一提，其實我這句話是在說『呼……果然道地的就是不一樣啊。中國製的假貨，就沒辦法得到這種效果了。』本來是要講給昭昭聽的啦……不過哎呀，她沒聽清楚也是沒辦法的事。

我所謂的**這種效果**，指的就是——

關於血流的狀況。

在我身體的中心．中央——不斷湧出甚至讓全身感到舒暢的力量——

爆發模……

「……」

啪！

我正在確認自己血流狀態的腦袋，忽然被一雙小小的手左右抓住了。

接著……唰、唰唰。

我的身體一點一點地被拖向亞莉亞的膝蓋方向。哈哈，真是強勁的力道呢。

我的視野漸漸轉換成武偵高中制服裙子的內襯——也就是胭脂色的防彈纖維，隨後就是透過亞莉亞的雙腿之間看到的天花板。

「嗨。」

聽到我打的招呼，亞莉亞那張宛如洋娃娃般可愛的臉……

變得像蕾姬一樣面無表情，甚至連紅紫色的雙眼都失去光彩了。

彷彿被亞莉亞生出來似地，仰著天從地板爬出來的我——

靠背肌的力量輕輕跳起來，單腳跪下著地，探頭注視亞莉亞的臉。

「——這讓我回想起我跟亞莉亞初次相見的那一天呢。」

也就是被理子的炸彈腳踏車逼到走投無路的我，被亞莉亞從空中拯救出來的那件事。

當時是亞莉亞接住了我的身體。

「今晚換成我接住亞莉亞了。這樣是不是多少報答了當時的救命之恩啦？」

就像那時候一樣，我將依然全身無力的亞莉亞，用公主抱一把抱了起來。

就在這時，ＹＨＳ也「噹」一聲脫落了。

我接著轉頭看向同樣目光失神的白雪……

「這裡就交給白雪負責吧。俗話說，事情有二就有三。白雪剛才目擊到的情景——或許第三次就會換成妳對我做了喔。當然前提是，白雪要先贏過猛妹，跟我重逢啦。」

提出連我自己也搞不清楚在講什麼的道理，同時附贈一臉爽朗的笑容。

於是，到剛才還全身僵硬的白雪，頓時露出無比幸福的笑臉……

「——是！」

取下了星伽的封印布條。

猛妹，變成這樣的白雪可是很難對付的喔？我勸妳做好心理準備吧。

接著……

我們將現場交給拔刀擺出八相的架式、讓火焰纏在刀身上的白雪——一行人穿過大食堂，走向通往二樓的階梯。

（——猴。）

妳難得幫我們想出來、利用色金殺女殺害孫的作戰……

看來打從一開始就變得不可能啦。

換言之，我已經沒有殺掉妳的手段了。

不過，沒關係。

那種手段，從一開始就捨棄掉吧。

畢竟不管怎麼說，變成這樣的我，是沒辦法傷害女性的啊。

而且猴，就跟我喜歡妳一樣，我也很愛孫。孫聽到我說她是我『喜歡的類型』，就表現出開心的態度，甚至還接受了我的好意，對我說過『我可是會當真的喔？』這樣的話。

既然她把那份心意獻給我了，那麼我也要把我的一切都給她才行。

想射殺我的話，就儘管射殺我吧。

拿出真正的心意，全力射過來。

愛的雷射——我也會全力接受的。

我、理子、蕾姬以及抱在我手中的亞莉亞——

穿過一樓大廳，謹慎地爬上通往二樓的階梯。

「藍幫城雖然從一樓到二樓之間是完全開放的，不過為了對付圍城作戰——通往三樓的樓梯只有一處而已。我想敵人如果要迎戰，應該就只會在那裡了。」

聽到理子的說明，我回想起之前進行偵查時，看到的二樓迴廊。

那個迴廊的天花板朝外凸出，感覺很難從那裡爬上三樓的樣子。

那構造應該就是俗稱的「防忍者裝置」——也就是對人類使用的「防鼠裝置」（註4）。讓人即使想爬上三樓也爬不上去，是原理簡單但很有效果的防止入侵構造。

就在我們爬完扶手上裝飾著石獅子的樓梯，準備抵達二樓大廳時……

「——！」

被我公主抱的亞莉亞敲打了一下我的胸口，「啪」一聲落到地面上。

接著，她對所有人做出「停下腳步、保持安靜」的手勢，並露出嚴肅的表情……

把她扁平的胸部靠到樓梯的轉角邊。

然後將制服的領巾抓起來，稍微從轉角處露出去，讓站在二樓大廳與深處大樓梯的人可以看到那條領巾。

結果——㖖㖖㖖㖖㖖！

超過十發以上的子彈忽然擦過防彈領巾，在裝飾有中國龍浮雕的牆壁上打出了無

註4「防鼠裝置（ネズミ返し）」是日本古代為了防止老鼠偷啃糧食，在垂掛保存的糧食下綁一條繩索，並且在繩索上掛一個四面向下斜垂的四角椎構造，讓老鼠無法沿繩子爬上去。

數彈痕。

「——槍種有QBZ－95B十二把，與QBZ－03四把。開槍位置偏高，對方一定是把隊伍排列在階梯上了。」

只靠槍聲就聽出這些情報的亞莉亞，從裙子底下的槍套中拔出白銀與漆黑的 Government。

她所說的QBZ－95B與QBZ－03，是北方工業公司製作出來的突擊步槍。日本武偵通常將它們稱為「95式B步槍」與「03式步槍」，而「95式B」的B代表的是全長比一般長度要來得短的卡賓槍。

而且從剛才的開槍速度與子彈集中的狀況來判斷，對方應該開過不少槍——也就是有經過訓練的士兵們。大致上有兩個分隊。

我方則是拿 Government 的亞莉亞、拿貝瑞塔與DE的我、拿華爾瑟與掌心雷的理子、拿德拉古諾夫的蕾姬。不但在火力上壓倒性地不足，人數也只有對方的三分之一以下。

我從武偵手冊中拿出外觀像牙科口腔鏡的附柄小鏡子，跟亞莉亞一起從轉角處偷偷窺視大廳深處……

（……傷腦筋。）

在昨天我看過的那道黃金大樓梯上，竟然坐著一隻巨大的烏龜。

正確來講，是拿著六角形與五角形的半透明防彈盾、像烏龜殼一樣緊密靠在一起的包包頭女僕們。

十六個人彼此肩並肩……大概是為了防範跳彈射擊，連頭頂上與背後都用盾牌擋住，看起來就像切成一半的巨大足球一樣。

而且那些盾牌為了對付閃光彈，還塗了像墨鏡的顏色。防禦真周到啊。

在甲殼的中央，還有一個人雙手交抱在胸前，站在那裡——

也就是當中唯一沒有在工作、推測應該是炮娘的昭昭。在她腹部的腰帶上，插著以色列引以為傲的短機關槍——烏茲衝鋒槍。

正當我們觀察著對手的狀況時，從甲殼的縫隙間……碰！

03式步槍像烏龜探出頭似地伸出來，單發射擊把我的鏡子握柄射斷了。

啊～鏡子也破掉啦。

「……」

我雖然有點開玩笑地對夥伴們聳聳肩膀，不過……

那玩意到底該怎麼排除掉啊？

感覺就像龜與蛇融合在一起的聖獸——玄武一樣，不論在攻守方面都很完美，對付起來不容易說。

——即使是爆發模式下的我，也不禁感到有點棘手了。

就算用煙霧彈遮蔽視線，敵人也只要躲在甲殼裡對樓梯的方向掃射就行了……

既然對方有對之前蕾姬用過的閃光彈做出對策，那麼應該也有針對音響彈做好準備吧？

雖然也是可以用亞莉亞應該有帶在身上的炸裂彈把對方一口氣炸飛啦，可是那樣恐怕會造成人員死傷。

武偵法第九條——日本那項腦袋僵硬的法律，在實戰上非常吃虧呢。

「……誰要上？如果沒有人要上的話，我要上囉？」

亞莉亞即使看到對方的玄武陣，也毫不在乎地舉起雙槍。

不過我卻輕輕握住她的手，為了不讓她扣下扳機而溫柔地捏住她的食指。

確實，靠亞莉亞的強襲能力，就算面對那樣的陣仗也或許能二話不說地把對方擊倒吧？

而且亞莉亞剛才在一樓失敗了，我是能夠明白她想在這裡挽回名譽的想法啦。但是……

「……嗚……嗚……！」

「亞莉亞，慢著。」

「……嗚……！」

我用溫暖的手掌讓亞莉亞陷入錯亂，不讓她跟玄武戰鬥。

畢竟要是她上場，我也會不得不上場了。

亞莉亞跟我的手槍雖然是可以連發與三連發的改裝樣式，但面對十六把之多的全自動步槍進行槍戰，很快就會把子彈用光的。

我想敵人的目的應該也是如此。

在經驗上——這一點當然對方也應該知道——亞莉亞跟我都經常會陷入子彈用完的窘境。

對我來說，我不想讓身為神槍手的亞莉亞在這麼早的階段被消耗掉。

然而……

（這樣一來，究竟要讓誰來負責這個難關啊……理子……蕾姬？）

就在我遲遲無法決定人事問題，而感到煩惱的時候……

「三分鐘後前進！瞄準峰理子射擊！殺掉沒關係！（中文發音）」

忽然傳來一名成年女性的聲音，不知道用中文大叫著什麼話。結果理子頓時露出『慘啦～』的表情，讓我忍不住把視線看向她……

「那聲音，是女僕長小姐呀。因為理子之前假扮成那個人，帶欽欽到猴的地方去啦～啊哈～所以她就說『瞄準理子，殺掉無所謂』了呢。而且還說『三分鐘後前進』哩。」

理子尷尬地搔著後腦袋，露出一臉苦笑。

（……也就是說，如果我們拖拖拉拉，對方就會先採取行動的意思嗎？）

當然，烏龜也是有腳，不可能永遠不動的。

這下我們必須趕快行動才行啦。

既然這樣……沒辦法，只好拜託她了。

也就是聽到對方要殺掉理子，就在地板上用影子表示『讓我上』的——

「**希爾達**，這邊就拜託妳啦。」

聽到我這麼一說，理子還來不及露出錯愕的表情……

——沙——……！

她腳下的影子就忽然伸長、分離，闖進二樓大廳了。

理子趕緊撿起剛才我掉落的鏡子，跟我一起透過缺了一角的鏡子窺視大廳——

女僕們看到在自己腳下、有個影子緩緩爬上黃金階梯的不自然情景，紛紛騷動起來。甚至有人認為既然有影子就代表有東西在飛，而抬頭四處張望著。

然而，沒有任何一個人能夠做出有效的對應。

我想也是。怎麼可能跟影子戰鬥嘛。我以前也曾經有過被她那招搞得手足無措的經驗啊。

漸漸地，那道影子伸出翅膀，變成宛如巨大蝙蝠的形狀……

——啪——！啪哩啪哩啪哩啪哩！

整座樓梯，忽然伴隨著耀眼的閃光，發出激烈的靜電聲響。

（……！）

那是希爾達的拿手招式。在對手的腳下釋放出60～90萬伏特的高壓電流，製造宛如電擊槍的傷害。我在外堀大道與天空樹上，不只一次嘗過她這招的滋味啊。

觸電的女僕們同時倒下，從樓梯上滾落下來。

而彷彿是在睥睨她們似地……沙沙……沙沙沙沙沙……

……在黃金階梯上，出現了一道身影。

縱向螺旋的金髮雙馬尾、宛如蠟像般白皙的肌膚、塗了大紅色口紅的嘴唇、身穿黑色歌德蘿莉裝的——

「……Fii Bucuros（太棒了）。」

——德古拉女伯爵・希爾達。

我好像很久沒看到她這身姿態了。

那是因為討厭陽光的希爾達總是夜間行動，而白天主要都在睡覺的關係。理子就姑且不說，但這跟我和亞莉亞的生活步調實在湊不起來啊。

這樣想想，跟藍幫的這場戰鬥挑在晚上開始，或許算是一件幸運的事呢。

「睥睨著被打倒在地的敵人，是我最喜歡看到的情景呀。」

見到希爾達露出嗜虐的笑容，「喀」一聲踏響高跟鞋——

因為觸電而沒辦法拿穩盾牌與步槍的女僕們，搖搖晃晃地暫時逃到貴賓室去了。而炮娘剛才似乎靠直覺猜到希爾達的放電招式，稍微跳起了身子，並沒有受到太嚴重的傷害……不過她還是被倒下的女僕們壓在底下，從黃金階梯上摔落下來，途中撞到好幾次頭，造成傷害，於是也跟著暫時撤退了。

——我們趁著這個好機會，一邊對貴賓室舉槍進行牽制，一邊衝向階梯。

「真了不起啊，希爾達。感謝妳出手相助。畢竟我們在中國，好像老是在人數上輸給對方啊。」

我對自尊心很高的希爾達姑且稱讚了一番——

「齁齁齁！」

結果希爾達瞇起雙眼，把塗了大紅色指甲油的手湊到嘴邊，大笑起來。

另外，在她的背部……以前被理子砍斷而正在復原中的迷你蝙蝠翅膀，也「啪唰、啪唰唰」地拍動著。

看來她因為我的稱讚而感到很愉悅的樣子。

接著……

「現在我是師團的俘虜。區區一小段樓梯，要我幫忙防守也是沒有問題的呢。」

她甚至自願負責在這裡阻擋敵人了。

以前華生提示過我的希爾達攻略方式……『稱讚』，還真的很有用呢。

跟希爾達的喜好很投合的這段大階梯，是黃金製造的。

而金是這世上導電率最好的金屬之一。

要透過釋放電流，阻止敵人前進，這裡算是再好不過的場所啦。畢竟剛才也有聽理子說過，通往三樓的樓梯只有這裡一處而已。

「雖然我是很想親眼看看獸人界的名人——孫啦，不過沒關係，你們等一下再把她的屍體給我吧。」

面對明明在室內卻撐起滿是荷葉邊的陽傘不斷旋轉的希爾達……

「……我沒有殺掉她的打算。以後再找機會湊合妳們兩人約會吧。」

我隨口留下這句不負責任的話後，踏上通往三樓的階梯。

就在我來到樓梯平臺、腳下變成大理石地板，而亞莉亞、蕾姬與理子成一列縱隊跟在我身後的時候——

「呀哈——！」

踏踏踏踏踏踏踏！

炮娘忽然抱著一個巨大的瓷壺，衝進二樓的大廳。

走在隊伍最後的理子趕緊停下腳步，轉身舉起左手的華爾瑟P99瞄準炮娘——

「……！」

可是，她卻沒辦法開槍。

像壺或甕之類的陶瓷器，只要在裡面裝滿炸藥，就可以成為一顆很原始的炸彈。元寇——也就是十三世紀的中國侵略日本的時候，使用過一種稱為『鐵炮』的投擲炸彈，裡面就埋藏了銳利的瓷器碎片。那東西只要高速炸裂，就會造成相當大的殺傷力。

既然不知道炮娘抱的壺中裝了什麼，我們想開槍也無法開槍——

而就在這時，我們的眼角餘光看到，從貴賓室的門縫間……唰！

一顆大枕頭，像飛盤一樣被丟了出來。最後掉落在希爾達眼前、黃金階梯的中段。

正當我們因為敵人這難以理解的行動而感到進退兩難的時候……

「嘿！」

炮娘抱著瓷壺，跳向樓梯了。

我原本還以為那是某種自殺攻擊戰術，不過……噗。

炮娘竟然很巧妙地把壺放到枕頭上，自己則是趴在壺的上面。

「……妳到底想做什麼？」

希爾達雖然瞪了昭昭一眼，但昭昭卻只是「嘻嘻！」地笑了一聲，縮在壺上。

希爾達判斷對方並不是打算自爆後——啪哩！

立刻對黃金階梯釋放高壓電流，可是壺卻沒有爆炸。瓷器是絕緣體——

「——大家快跑！」

我察覺出炮娘的作戰，趕緊推了亞莉亞跟蕾姬一把，讓她們跑向三樓。

那個壺並不是什麼武器，只是單純的絕緣體。也就是阻絕高壓電流的踏腳地啊。

就在希爾達皺起眉頭的時候，我忽然被理子用屁股推向三樓。

「欽欽還有小孫吧？那孩子在等你喔。」

理子把頭半轉向我，如此說著。然後「喀！」一聲，右手也握起一把華爾瑟。

她大概是不打算讓希爾達一個人留在這裡，而決定要兩個人一起阻止敵人前進吧？為了讓我們可以先走一步。

炮娘這時「啪！」地從壺上跳起來，用烏茲掃射把我們逼退到通道轉角，自己也降落在大理石平臺上。

「理、理子……！」

亞莉亞擔心地轉頭一看，但是……

「──雙劍雙槍才沒那麼好對付呢。對吧，亞莉亞？」

理子用綁在兩側的馬尾拔出短刀，恢復到身為「武偵殺手」時的氛圍。

我靠體型就可以判斷得出來，那群女僕們應該沒有像炮娘那樣優秀的跳躍能力才對。能夠靠剛才那個方法來到這裡的，只有炮娘一個人而已。

然而，希爾達的電力也不是無限的。像她剛才釋放的第二發，就感覺有點在節約用電的樣子。

那招電流地雷，不知道還能再用幾次。

——我們必須要加快腳步才行。

於是我轉身背對理子正在防守的樓梯轉角，以及炮娘步步逼近的氣息……

「理子，就交給妳了。」

推著亞莉亞與蕾姬，決定往上一層樓前進了。

「算你欠我一次囉，金次。這裡就交給我跟希爾達一起爭取時間吧。」

理子為了確認炮娘的動向，把剛才那片缺了一角的鏡子從轉角伸出去……

在鏡子中可以看到，希爾達似乎聽見了理子說的那句『我跟希爾達一起』，而「啪唰、啪唰」地拍動著黑色的翅膀。

當我們來到今天早上我、諸葛與理子一起喝過咖啡的那間三樓咖啡廳後……

「……」

一個人影也沒有。

相對於二樓的喧譁，這裡反而讓人有一種毛骨悚然的感覺。

我、蕾姬與亞莉亞盡量不發出聲響，蹲在吧檯後側緩緩前進。

雖然蹲著前進的姿勢，會讓人有點在意穿裙子的兩位女生……不過我是在隊伍前方，只要不轉回頭，應該就不會見到看了會造成失禮的畫面吧？

彷彿是要揮散我腦海中的雜念似地——咖啡廳中忽然發出「碰！」一聲開槍聲響。

「哐！啪！」的中彈聲音從我後方的頭頂上傳來，讓我為了確認同伴的安危而不得不轉回頭了。

結果我看到，蹲在地上的蕾姬的短髮上……啪啦啪啦……少量的破裂調酒杯碎片，從櫃子上掉了下來。

「——金次同學。」

啊……蕾姬她……

臉上的表情好像看起來有那麼一點在生氣呢。

而在蕾姬後方，把雙腳靠攏的亞莉亞，則是完全沒有隱藏起……她生氣的表情。

呃、抱歉，真的很抱歉。

我並不是因為有什麼邪念才轉頭看的啊，兩位。

「這是，挑戰。」

不過蕾姬似乎跟亞莉亞不一樣，並不是對我，而是對某個人物感到生氣的樣子……

於是她靜靜地告訴我。

「剛才的狙擊，是對方傳達的一種訊息。對方預測出正在移動中的我所在的位置，然後開槍射擊了。能夠辦到這一點的——」

蕾姬也不伸手拍掉頭上閃閃發光的玻璃杯碎片，而是稍微舉起了狙擊槍。

「……是狙姊嗎？」

我說出在昭昭姊妹中同樣也是狙擊高手的人物的名字，蕾姬則是對我輕輕點了一下頭。

「她躲藏在這層樓的深處，剛才已經放過我們一次了。我從開槍聲掌握了狙姊的位置。當我們來到這一層，躲進吧檯後方之前——她本來應該有機會狙擊我們當中的任何一個人才對。可是狙姊卻故意沒有開槍。」

「真是瞧不起人呢。」

亞莉亞把嘴巴凹成了「ㄟ」字型。

「我想並不是那樣的。狙姊應該是認為，只有自己躲在遮蔽物後方並不公平。所以才會等我們躲進這裡之後，才指名要我出場的。」

蕾姬語氣平淡地如此說道。

（真的是……狙擊手們都活在其他持槍者無法理解的世界中啊。）

跟親自衝鋒陷陣的我們不同，狙擊手可以在對手無法察覺的狀況下一槍解決掉對方——在某種意義上，擁有宛如超越者的力量。

或許是因為如此，狙擊手當中有很多思考方式異於常人的傢伙。

最常見的類型，就是對信仰莫名虔誠，或是對禁忌特別囉嗦的傢伙。另外就是無論如何都要嚴格遵守『自我規則』的傢伙——狙姊恐怕就是屬於這一類吧？

「我要接受狙姊的挑戰。金次同學與亞莉亞同學請到屋頂上去。」

蕾姬說著——

將她的搭檔——達拉古諾夫狙擊槍抱在身上。

「我會打倒狙姊，或是讓她無法從此處離開。我想她應該會希望與我再次進行比叡山上的那場狙擊戰——也就是與我的決鬥才對。」

決鬥，是嗎？

蕾姬與狙姊——真要形容的話，就很像是在現在復活的女騎士與女騎士。

用數百公尺，甚至數公里長的長槍互相突刺的兩位騎士。

而她們現在，希望能進行一場公平的決鬥。

這樣一想的話……外人還是不要插手干擾這場勝負會比較好。

——我就尊重蕾姬的意思吧。

「妳剛才說……她明明可以開槍射擊我們，卻沒有開槍，而是等到蕾姬可以找到地方藏身是嗎？那樣的行為，就叫做『瞧不起人』。妳就讓自信過剩的狙姊搞清楚，誰才是世界第一的狙擊手吧。」

我伸手拍掉蕾姬頭上與耳機上的玻璃碎片後……

「那天晚上在森林中，蕾姬有給過我這東西吧？今晚就換成我給妳吧。」

我拿出昨天晚上放到口袋中的那個卡洛里美得・水果口味，輕輕插在蕾姬那描繪出可愛曲線的胸前口袋中。

「……」

「妳就打贏她吧，蕾姬。」

打贏這場寂靜無聲，但賭上女騎士尊嚴的戰鬥。

在通往屋頂的昏暗狹窄樓梯上——

「金次，等一下……抱歉。」

我聽到聲音，回頭一看，就看到亞莉亞在下面的階梯上用手按著胸口。

她看起來好像呼吸有點急促。

只不過是爬了這點樓梯的程度？

亞莉亞明明就可以爬樓梯一路衝上東京鐵塔的瞭望臺啊？

我趕緊走下樓梯，來到亞莉亞身邊。

「有中了遲效性毒藥的可能性嗎？」

我觀察了一下她的瞳孔與呼吸的狀況——一切正常。

雖然因為我不是衛生科所以沒辦法很確定，不過應該只是單純的心悸而已。

「沒有。只是……胸口有點……不過這是常有的事，有點像老毛病一樣的東西啦。」

亞莉亞把手放在左胸上，深呼吸了幾口。

我之前也有目擊過幾次……亞莉亞偶爾會有這樣的發作狀況。

我也知道她只要稍微休息一下，狀況就會緩和下來。現在還是不要太勉強，稍事休息吧。

在亞莉亞身上飄散出來的那股宛如梔子花的酸甜香氣中……

我是很想稍微撫摸她痛苦的部位，讓她能緩和下來。不過畢竟部位有點尷尬，我想我還是從背部來吧。

然而，因為亞莉亞的身體缺乏讓人判斷是胸前還是背部的明顯起伏，所以讓我不禁有點遲疑啊。

正當我想著這樣失禮的事情時，在昏暗的樓梯中——

我忽然發現我的口袋中，好像有什麼東西在發光。

於是我拿出放在口袋裡面的那把蝴蝶刀……它發出的紅光甚至不需要打開刀鞘就可以明顯看得到。

這是以前我從佩特拉手中救出亞莉亞的時候，以及我跟孫進行飛車追逐的時候，都曾經見過的現象。雖然現象本身讓人無法理解，不過在時間點上好像有某種共通點的樣子……

——就在這時。

「……！」

「就在那裡呢……」

我跟亞莉亞一起抬頭看向同一個方向。

——感覺得到。

就算不是身為什麼超能力者的我，也可以感覺得到那股像恐龍一樣難以對付的氣魄。

就在這上面。

也就是孫悟空——即使在擁有悠久歷史的中國也被列為傳說的，壓倒性存在。

而對方現在毫無疑問地，處在萬全的備戰狀態下。

就在我們的頭頂上、藍幫城的屋頂。

這是我第三次跟她對峙了。

第一次因為我方大意，第二次因為孫的遊戲心態，讓彼此都很不甘願地留下了一勝一敗的經驗。

而在這段時間中，發生了巴斯克維爾小隊的進攻，以及藍幫內部的政治變化等等狀況……

讓我跟孫都來到了進退兩難的局面。

因此，這是我跟孫的**最後**一**戰**了。不會再有下一次。

我要終結掉至今為止那樣不乾不脆的曖昧關係。

為我們之間的關係做出一個了斷吧，孫。

4彈　讓那美麗的眼眸只注視著我

等到亞莉亞的心悸平息下來後，我們靜靜地沿著樓梯往上爬……

來到吹著強勁西風的屋頂西端。

藍幫城就跟日本的城堡一樣，在呈現山陵形狀的屋頂稜線上，有一條巨大的梁脊。

在日本城堡上裝飾著鯱鉾的位置，這裡則是高達２ｍ左右的黃金龍雕像。我們就是從其中一尊黃金龍的下方走出來的。

而在遠處、大梁東側的末端——另一尊黃金龍前面，站著三個人影。

首先，是長長的黑髮隨風飄盪、雙手交抱在胸前，站得威風凜凜的孫。從遠處就可以看得出來，她並不是猴。

在孫的身邊，則是穿著華麗的中國清朝正式宮廷服的機孃，也就是昭昭姊妹當中的一人。可以看到她的手上拿著應該是裝有氣體炸彈——爆泡的香水瓶。

另外就是站在機孃身邊、雙手被繩索綁住、同樣穿著正式服裝的諸葛。

而在他們的背後……有兩面紅色的旗子，分別是五星紅旗——中華人民共和國的國旗，以及繪有洋紫荊花的香港特別行政區區旗。

我不經意地看向後方，就看到我們的背後也有一面日之丸旗與一面英國米字旗。看來他們有透過監視，知道最後會是我跟亞莉亞到屋頂上來呢。

「在屋頂上的戰鬥、嗎……」

我不禁小聲呢喃──

這狀況就跟之前在菊代的宅邸，也就是鏡高組頂樓的那場戰鬥一樣。

當時，幾乎跟我擁有相同戰鬥能力的GⅢ，被對方擊敗了。而且只是在短短一瞬間內。

而現在的我，跟當時的GⅢ一樣毫無對策。

甚至會讓人覺得我是來重蹈老弟的覆轍啊。

「包圍得真誇張，看起來完全沒有退路呢。」

我聽到亞莉亞說的話而環顧四周，看到位於維多利亞港的入海口──藍塘海峽的這片海域上，圍繞著無數的船隻。

那些集結成巨大圓環的船隻當中，有小型渡船、遊艇、漁船、小型貨船乃至單純的小艇等等，各式各樣的船種。畢竟藍幫的成員中，有從事各種不同職業的人啊。

「每艘船上都架著火把，看起來真美。巨大的光環，大概是在象徵孫的金箍冠吧？」

雖然大家在立場上都是敵人……不過我還是忍不住說出這樣的感想。

因為眼前的光景，確實美麗到讓人會看得入迷啊。

船隻圍成的環漸漸靠近藍幫城，船隻之間的距離也漸漸縮短。原本由光點構成的環，漸漸連成了一條線。簡直就像海上團體操一樣。

「你還真悠哉呢，金次。看好，那感覺連讓人游出去的縫隙都沒有呀。」

反正對於不會游泳的亞莉亞來說，打從進入城內的那一刻開始，就已經沒有退路啦。

不過要是我把這句話說出口，我一定會被亞莉亞殺掉的。

我想我還是酷酷地笑一下，保持沉默好了。

——啪、啪。

在宛如粗大平衡木的大梁上……光著腳的孫，踏著悠然的腳步前進而來。

大梁是一條直線，左右兩邊都是屋瓦構成的斜坡。

這對於直線攻擊的如意棒來說，是極為有利的地形。

（原來如此，所以孫才會經常選擇在屋頂上戰鬥啊。）

在孫的背後，機孃與諸葛也跟了上來。

畢竟我方很在意手槍的交戰距離，所以對方願意靠近過來也算是一件好事。

「走吧，亞莉亞。」

「ＯＫ，金次。」

我們裝出要跟對方面對面交談的樣子，在梁上踏出步伐。

就在雙方的距離縮短到一個程度的時候……孫一行人停下了腳步。

雖然這距離對手槍來說還稍微有點遠，不過我們抱著觀察情勢的打算，也跟著停止前進了。

聚集在現場的……有諸葛亮孔明、曹操孟德、夏洛克・福爾摩斯與遠山的金先生，這些人物的子孫們，再加上孫悟空本人，真是大雜燴啊。

在風中，最先開口說話的——教人意外地，竟然是諸葛。

「這場決鬥，是在極東戰役中，決定巴斯克維爾小隊與藍幫之間勝負的一場戰鬥。這樣沒問題吧，機孃？」

他這樣的講法，與其說是在對我們宣示，不如說是在對昭昭提出警告。

諸葛他——採取的是將相對上調查得比較清楚的海外勢力（巴斯克維爾小隊）導入香港藍幫，以保持跟上海藍幫之間勢力平衡的延命策略。為了這個目的，他甚至不惜利用極東戰役。這樣狡猾的程度，真是不禁教人欽佩啊。

雖然昭昭打算利用金錢賄賂，將我們納入上海藍幫的影響之下。不過……

要是孫在這場戰鬥中贏過我，藍幫內部在形式上就會變成『香港藍幫的孫與巴斯克維爾小隊做出了了斷』。

這樣一來，香港藍幫就能繼續負責極東戰役，而在那段期間中，巴斯克維爾小隊實質上就會被納入自己的傘下——這應該就是諸葛的計畫吧？

哎呀，雖然這些事情都是以『我會輸』做為前提啦。

「這個舞臺，是藍幫城上呢。海上也有很多人在看。要說這是一場私鬥，很勉強。昭昭也有面子要顧。賭上曹操之名，沒有問題——這是一場正式的決鬥。對方是金此、亞莉亞，我方是孫、機孃。二對二的大將．副將戰呢。」

昭昭——機孃雖然這麼說，然而她的臉上卻沒有自己要參加戰鬥的緊張表情。

那也難怪。

現在的我多少可以知道，她的身分應該跟平賀同學一樣，是一名武器工匠。

在昭昭姊妹的周圍，有太多我沒見過也沒聽過的武器了。畢竟昭昭們是各自分工負責專長的領域，來詮釋出無敵的『萬武』。因此就算有一個昭昭獨立出來負責後方支援，也不是什麼奇怪的事。

似乎也有賣給伊．U的海水氣化魚雷、乘作用的ＩＣＢＭ、爆泡以及之前貞德提過的零反作用力機關槍，應該都是眼前這位昭昭製作出來的吧？

換言之，這位昭昭……是在四姊妹中唯一沒有戰鬥能力、專門負責製作武器的專家。

她雖然手上拿著護身用的香水瓶——爆泡的泡泡發射器，不過現在吹的是西風，也就是從我們後方吹來的風。在這一點上，算是妳運氣差啊，機孃。

而她之所以依然如此淡定——

應該就是因為她打算把這場戰鬥完全交給孫負責的關係。

畢竟孫有必殺的雷射。

她應該是認為靠那招就能把我——運氣好的話，連亞莉亞一起打倒……就算亞莉亞存活下來，孫的實力也不會輸給亞莉亞吧？

老實講——這想法讓我有點不能接受。

姑且不論她對我的態度，但她竟然如此小看亞莉亞。

然而，對我來說，我也不太希望讓老毛病才剛發作過的亞莉亞上場戰鬥。

因此在實際上，這場戰鬥是我跟孫的單挑。

雖然我不太甘願，不過我還是抱著這樣的想法會比較好吧。

「——死鬥開始！」

機嬢大聲宣告戰鬥開始後，從樓下的某個角落——

——噹——————……！

又再度傳來了大銅鑼的聲音。

——噹——————……！

第二聲鑼響，我跟孫對上視線。

——噹——————……！

第三響之後，沒再發出聲音──看來那應該就是宣告雙方大將開始決戰的暗號。
聽到那陣鑼響，船隻圍成的環全都停泊下來了。
我靠著爆發模式下的眼睛看到……上班族、蔬果店老闆、學生、公車駕駛、警官、冰淇淋店員、車站職員……男女老幼都紛紛抬頭看著我們所在的屋頂上。
這似乎也意味著亂鬥的結束，剛才樓下斷斷續續傳來的槍聲也停下來了。
大家都明白了這場鬥爭已經發展到靠屋頂上的這一戰分出勝負的局面……
於是各自都不再出手、不再戰鬥了。
在中國文化中，靠人海戰術的大戰與雙方武將的單挑，似乎是要嚴格分開來的。
簡單來說，這場戰鬥就像三國演義中描述的關羽對呂布、趙雲對夏侯恩的單挑。小兵們不許介入戰鬥。能夠出手相助的，只有像關羽的同伴──張飛那樣的一流戰士而已……應該就是這樣吧？
這氣氛感覺不錯。也不用擔心有狙擊槍之類的攻擊來攪局。
就在這時──
孫彷彿在早一步宣示勝利般，高舉自己的拳頭。
看到她那預告必勝的手勢，周圍的船隻都發出「嘩──！」的喝采聲。
畢竟這裡掛著再明顯不過的旗幟啊，應該是昭昭故意安排的吧？中國・香港是正義的夥伴，而舊占領國、舊宗主國的日本人與英國人全都是壞蛋。感覺就像某種政治宣傳一樣。

沒差啦，偶爾就讓我扮演一下壞蛋角色吧。畢竟我之前跟那些像恐怖分子的傢伙還有黑道一路打下來，好人角色也演得有點膩了呢。

「好啦，我就姑且問妳一下……」

非常入戲的我，真的就有點像壞蛋一樣站著三七步，對孫說道。

「──**妳、是什麼人？**」

聽到我對孫提出的質問，雖然亞莉亞、機孃跟諸葛都露出有點錯愕的表情……

不過孫則是咧嘴一笑，露出她的犬齒。

「吾乃鬥戰勝佛、九龍猴王──孫悟空。」

「我再問一次，不會再問第三次了。**妳、是什麼人？**」

「有膽就從我口中逼問出來啊。」

孫用從我這邊偷去的日文男性語氣，如此回應我。

「──不想回答是嗎？孫？哎呀，雖然大家都有那個權利啦。」

「想知道的話，你留在日本就好了。而且你那是理解到什麼程度下提出的問題，遠山？我勸你不要靠一知半解的知識，惹我生氣比較好。你現在，可是**在我的視野中**啊。」

孫所說的『在視野中』──

等於是在宣告她的雷射槍口已經對準我了。

看來她是不惜用上如此老套的威脅，也不想說出自己的真面目啊。

「了解，我不再問了。順便告訴妳，我只知道妳是一名不完全的緋緋神而已啊。」

既然被女性提問，於是我老實回答後……

「是猴說的吧？真是個愚蠢的傢伙。不過算了，那有一半也等於是我自己說的呀。」

對於猴・孫之間的責任歸屬，似乎連她們自己都沒辦法劃分清楚的樣子。於是孫露出一臉『真是沒辦法』的表情後……

「……好，遠山。只有你回答，而我都不回答問題，似乎也不太好。我就告訴你關於『活著』的本質，來代替我的回答吧。」

那種事能夠代替嗎？

看到我露出這樣的表情，孫不懷好意地笑了一下。

「所謂的『活著』，就是『到死前漫長又漫長的消磨時間』。想要消磨時間，就必須要玩有趣的遊戲才行。」

——樂趣至上主義，是嗎？

總覺得理子也會說出這種話呢。

「話說，遠山。」

「什麼事？」

「現在的這個世界，有一半很無趣呢。」

「……？」

「戀愛很有趣。世上有戀愛。但是還缺了另一項，讓這世上變有趣的另一半——戰爭呀。」

孫的眼神……看起來不像是在開玩笑。

「妳想要戰爭，去當傭兵不就好了。」

「我當過了。可是現代的戰爭一點都不好玩，只不過是讓弱不啦嘰的平民拿著槍砲，打到有一方全滅為止的醜陋相殺。那種玩意，跟撿起路邊的石頭競爭數量沒什麼兩樣。現在的世界，不像三國志的時代——像寶石一樣經過精雕細琢的超人們互相廝殺的戰鬥完全不夠呀！」

孫雙手握拳，在胸前上下擺動，像個鬧脾氣的小孩子般大叫著。

「我最喜歡的，是超越人類智慧的超人們彼此賭上性命、認真決鬥的戰爭。在那當中，燃燒著無上的熱情。戰爭與戀愛一樣——都是最棒的遊戲啊。」

戀愛是戰爭。戰爭是戀愛。兩邊都是**遊戲**是嗎？

還真是誇張的價值觀啊。

不過……

「——我是拿生命遊玩的存在，是掌管誕生生命的『戀愛』，與搶奪生命的『戰爭』

的──**女神大人**啊。」

我搞清楚了。

這傢伙，確實是緋緋神。

孫用她的方式，說出了自己的真面目──回答了我一開始提出的問題。

以前玉藻曾經說過，緋緋色金是喜歡戰爭與戀愛的色金。被它附身的人會在心中激起強烈的戀愛慾望與鬥爭慾望，成為引起戰端的凶神。

這點與孫剛才說的那段話相當吻合。

另外，還有猴描述過的往事。在孫的人格連同緋緋色金一起被移植到猴的身體裡時，過程中有一項是『關在石牢裡三年』。這時間與夏洛克曾經在伊・U提過的緋彈繼承條件──三年間與緋彈共存──以及附有殼金的緋緋色金要完成『法繫』所需的三年時間，都完全符合。

（……啊啊……）

戀愛、戰爭與色金。色金殺女、殼金，以及利用這些東西控制色金的星伽神社。據說曾經殺掉緋緋神的遠山武士與星伽巫女。緋色的研究、夏洛克讓我看到的緋天・緋陽門。GⅢ之前提過的超超能力者。以及我過去從大哥口中聽過的──

──『緋彈的亞莉亞』──

這些至今為止零零散散的各種事物，在爆發模式下的腦中……

宛如拼圖般，互相聯結起來了。

我頓時理解了許多事情。許多我根本不希望理解的事情。

——但是，這樣不行。

我不能因為這些事情而受到衝擊，喪失注意力。

雖然這些事對於像孫那樣已經單腳踏入神佛境界的存在來說，只不過是單純的閒話家常。然而我接下來就是要跟那樣的存在戰鬥，不能只因為聽了幾句話，就被對方吞沒。

冷靜下來。冷靜下來啊……金次！

「……」

知道自己也有可能成為緋緋神的亞莉亞……

保持著沉默。

表情上也沒有太大的變化。

不過，我知道她是在努力讓自己保持心中平靜。

亞莉亞其實也感到動搖。

亞莉亞心中得到的預感，應該是來自於繼承自夏洛克的直覺。但恐怕非常接近我靠理論推理出來的東西。

——亞莉亞——

「緋彈的亞莉亞，妳就站在那邊看到最後吧。色金一即是全、全即是一。到時候，妳也過來吧。來到綻放著戀愛與戰爭的女神花園……」

孫熱情地張開雙手，彷彿對待自己的姊妹般溫柔地說著。

但亞莉亞並沒有回應她。

蕾姬向我求婚時說過的話——一即是全、全即是一——在這邊也出現了。

雖然這讓我不禁回想起當時的事情，感到有點害臊。不過也多虧如此……

讓剛才的推理又產生了一些我不明白的部分。謎團變得更深了。

這是一件好事。依然殘留著神祕的部分……就代表有關色金的事情，不管未來如何發展，在我腦中都還有辦法解決。因此我還是要感謝妳剛才的發言啊，孫。

我下定決心後……

「戀愛與戰爭、嗎？真是內容龐大的主題。不過很抱歉，這兩件事都不符合我的喜好啊。」

再次正面看向孫，投以銳利的視線。就像是用眼神警告她——

——不要跟亞莉亞說話。

——妳的對手，是我。

「哈哈，遠山武士跟以前比起來，一點都沒變啊。」

依舊露出什麼都知道的表情說話的孫，**正被某種存在操弄著**。

我在之前的那場飛車追逐戰中，其實也看穿過這一點。不過……

那所謂的『某種存在』，看來應該是某位女性，或是像女性的存在。

我就暫時借用孫的表現方式，稱之為『女神』吧。

這樣一來，對於爆發模式下的我來說，最重要的就是那個女神大人跟我之間，是否能夠產生子孫了……究竟怎麼樣呢？我實在很難判斷。

在這樣的狀況下，我的本能做出了『謹慎行事，就當作能夠產生子孫吧』的判斷。

換言之，我不想傷害她。

話雖如此，但對方的期望應該是跟我做出一個了斷吧？

在不傷害對方的前提下，分出勝負——

『對付雷射』這項難題，又變得更困難啦。

「遠山，之前跟你的功夫較勁與飛車追逐，都很有趣。你給了我戀愛與戰爭，讓我高興得甚至想哭呢。做為回報，我就使出我的全力——帶著我的愛，射殺你吧。」

「那就是妳的愛嗎？真不愧是戰神啊。」

「你與那個巫女，是我的天敵。為了讓我享受這個世界，你們的存在會讓我很困擾。雖然我萬萬沒想到自己竟然會愛上那個天敵，不過所謂的『戀愛』就是這麼一回事啊。」

孫的秀髮隨風擺盪……

綻放出微弱的緋色光彩，緩緩散開。

這並不是因為風向改變的關係。

光靠視覺也可以知道，那是因為超凡的力量，正在孫的體內不斷高漲著，而且毫無止境。

孫閉起眼睛，調整呼吸……外表上看起來只是如此。

不過在她的周圍……喀啦喀啦喀啦……明明一根手指都沒有觸碰到，藍色的屋瓦卻開始震動起來。範圍越來越廣。

「……嗚……？」

亞莉亞這時看向腳下的大海。

城堡、海面、大氣，都以孫為中心，輕微地震動著。

這不是地震。恐怕是因為孫那股驚人的……『發勁』。以日文來說，就是像『氣』一樣的東西。那玩意讓藍幫城附近的海面冒出氣泡，甚至讓人有高山星辰也跟著顫動的錯覺。而我自己本身，也被孫悟空那宛如強烈陣風般的氣吹盪著身體。

（……嗚……）

孫……確實是類似於神的存在。

而我現在正如字面上的意思，切身感受到了這一點。

相對地，我——只是一名男高中生。

唯一可以依靠的爆發模式，也只是普通爆發而已。

中樞神經的活動超越了三十倍，但並沒有感受到如狂怒爆發或王者爆發的血流。

「——永別了，遠山——」

嘶——

萬物的震動頓時停止下來。

四周瞬間恢復平靜，就連風……也停息了。

這代表……孫的氣、劍、體，全都準備完成的意思吧？

「雖然我也喜歡用刀劍或拳頭長時間廝殺，不過那種事我們已經做過了。因此這次就用——如意棒，一發定勝負。只靠一發如意棒，分出高下。如果我攻擊之後，你還能站著，就算遠山贏了。」

孫如此宣告後……

她的右眼，開始發出光芒。

在一片無止境的深藍色暗夜中，在皎潔的月光照耀下……發出紅光……！

「如意棒的『如意』，是『如我所意』的意思。代表這是能隨心所欲地伸長、射殺對手的棒子。射程距離比任何狙擊槍都長遠，只會受到大氣造成的衰減與地球的弧度影響而已。要攻略它是絕對不可能的事情。」

在孫說話的同時，諸葛與昭昭都為了即將發射的雷射而稍微往後退下。

「我另外還有一招雖然很想讓你見識，不過沒必要派上用場的招式——觔斗雲。用現代超能力用語來說的話，就是短距離絕界橋。說得更淺顯易懂一點，就是『瞬間移動』。也就是說，遠山——你絕對無法逃出我的手掌心，只能接受我的攻擊啊。」

這種事我沒聽說啊，她竟然連瞬間移動都能辦到！

哎呀，雖然現在聽說了啦。

可是到後面才說出這種新招式，會不會太「那個」了一點？

「——亞莉亞，妳退下。不可以站在我跟孫的直線上喔？妳就在我身邊……直到永遠吧。」

事到如今，還在用甜美的聲音呢喃著這樣引人遐想的話語，讓亞莉亞面紅耳赤的我，也很「那個」就是了啦。

亞莉亞聽到我那句『在我身邊，直到永遠』的話而臉紅起來……說著「真受不了，你這個人不管什麼時候都盡是講這種話……！」讓她的雙眼恢復成平常那樣感覺不錯的吊梢眼了。

接著……喀唰！喀唰！

她將雙槍舉在前方。而且為了讓其中一把槍彈出的彈殼不會影響視線，稍微斜了一點角度。

「呵呵，你真是個有趣又羞人的男人啊，遠山。面對這種場面，還顧著在可愛的女孩子面前耍帥呢。」

「雖然妳說得沒錯，但那又如何？」

聽到我的回應，孫「噗哧！」地小聲笑出來，亞莉亞則是有點慌張起來了。

「另一位可愛的女孩子，孫，妳應該會**把目標放在我身上**吧？」

「你那是什麼意思，遠山？」

「不管妳是什麼神——我都不允許妳傷害亞莉亞。」

我如此宣告後……

亞莉亞慌張得差點讓手槍掉到地上，而孫則是露出有點火大的表情。

她這是在吃醋是嗎？

「所以說，孫，讓妳那美麗的眼眸，只注視著我吧。」

「……你這是抱著死亡的覺悟嗎？」

「為了亞莉亞，要我死也沒問題。」

鏘、鏘！

亞莉亞最後還是讓槍掉到地上啦。然後用她顫抖的雙手，慌張地撿了起來。

「真棒啊，戀愛真棒啊。戀愛就有如綻放的花朵——」

孫彷彿在詠唱詩句般說著……

緩緩將雙手伸向前方，做出「向前看」的姿勢。

那恐怕就是孫測量角度的姿勢。

用視線加上雙手，明確地表達出她正在瞄準我的事情。

孫的眼睛……已經變得像紅星般明亮。接著忽然又增強了亮度。

如果我記得沒錯，那亮度幾乎就跟當初射擊GⅢ的時候一樣了。

猴也說過，這種狀況下的孫，應該沒辦法停下來了。她一定會發射。

根據GⅢ當時的記憶，還有八秒。

「──然而，那也是即將散落的花朵。」

要來了，光速的一擊。

還有五秒──！

「如果你有辦法讓它散落的話，那你就試看看吧。」

我或許會是最後一次說出口的招牌臺詞，語氣也柔和得像是對女性說話。

這代表我的爆發模式還在持續。既然這樣，就**沒問題**了。

我就相信妳吧，孫。妳要瞄準我，別攻擊亞莉亞。

要不然──

──我這死到臨頭才想出來的**雷射攻略法**，就不成立啦。

沒錯，正如理子的預測，我想出來了。靠在我身邊的亞莉亞，讓我變成爆發模式後得到的力量。

孫，妳剛才說過，要攻略如意棒是『絕對不可能』的事吧？

那對我來說，可是禁忌啊。

因為我自從跟這位亞莉亞初次見面的那一天開始，就被禁止說「不可能」啦。

可是妳卻說「不可能」？那是一句不可以對我說出口的話呢。

畢竟我——似乎是「化不可能為可能的男人」啊。

當然，我不知道這個方法是不是真的有效。成功機率只有一半。

但是，我就賭賭看吧。反正我也只有這條路可走了。

接著——我的世界——

變成了爆發模式下讓我能夠看到的慢動作世界了。

畢竟這次的狀況險峻，所以我進入的是宛如超超高速攝影機拍攝出來的超級慢動作世界。

現在這世上的一切，在我眼中看起來幾乎都像停止了一樣。

而在這樣的世界中，我首先做出為了對抗雷射的行動。

反正孫已經沒辦法取消攻擊了，我就毫不隱藏、悠然地做出動作。

然而……緊接在這之後，竟然發生了一件出乎我預料之外的事情。

亞莉亞從我旁邊**開槍**了。

而且還是趁剛才她撿起槍的時候，在所有人都沒有發現的狀況下，把槍口**對著我的方向**——！

因為火藥燃燒而發紅的 .45ACP 子彈，現在正準備從亞莉亞的槍口射出來。

這下只能讓它就這樣飛出來了吧？反正從彈道看起來，子彈不會擊中我——至於亞莉亞開槍的意義，我等一下再思考就行了。

現在，我要集中注意力在雷射上。

（——矛盾——）

雷射，是一種光速攻擊。

從發射到擊中我的時間，幾乎可以說是「零」。

換言之，就是在發射的同時也會擊中目標，**沒有**滯空時間的子彈。

而我現在，要讓它**有**滯空時間。

根據猴的證詞，那招雷射的『照射時間』——同時根據我對GⅢ被擊中時的記憶，靠爆發模式下的腦袋精密回想——是零點零九五五五九秒。

換言之，我只要讓它停留在空中大約零點一秒左右就行了。

這樣一來，雷射就無法抵達我這裡，變成只是在空中發光一下而已了。

將不存在的時間，變得存在。

讓沒有的東西，變成有。

——或許這是一種矛盾。

不過靠我現在的能力，就能讓矛盾變得不矛盾了。

矛盾？那種事情，只要改變一下字面的意思就行啦。

所謂的『矛盾』，是從『無敵的矛與無敵的盾』這個故事引伸而來的詞彙。

而我現在，則是要把它變成『讓矛變成盾』的故事。

（抱歉啦，夏洛克。）

站在那邊的諸葛，好像有欠過夏洛克一個人情的樣子——

而我，也準備要欠他一個人情啦。

這個雷射攻略法，並不需要使用任何肉體上的能力。即使是小學生也能夠辦到。

剛才我所做出的動作，就是……

把我身上最長的金屬製品，換言之就是我的矛——薩克遜劍，輕輕丟出去而已。

只不過，要丟得非常非常精密。

沒錯，要讓我的矛盾實現，就不能有一絲一毫的誤差。

這招必須要讓薩克遜劍從尖端到包覆著握柄的金屬部分——也就是握把內金屬的後端，都正確地落在我記憶中只有7mm寬的雷射射擊線上才行。

不過對於爆發模式下的我來說，只要提高注意力，就能簡單辦到這種事了。

——『將矛，變成盾。』

這個防禦方法，其實從古代就存在了。

在日本來說，就是過去的武士使用過的那招，叫『刀背纏刃』的招式。

也就是利用自己手上的刀，相對上比較柔軟的刀背部分，沿著適當的角度故意讓敵人的刀刃砍中——讓敵人的刀嵌入自己的刀背中，阻擋攻擊的手段。

這招在遠山家也有傳承下來。我爺爺的爺爺……也就是我四代前的遠山家遺留下來的一把便宜刀上，也可以看得到刀背上有咬住敵人刀刃所留下來的V型痕跡。

而我的雷射防禦技，『矛盾』——就是那招的衍伸版。

也就是利用刀身剛好呈一直線的薩克遜劍**整體**，來抵擋雷射的招式。

——薩克遜劍。

雖然你存在感薄弱到我經常會忘記身上帶著你，不過這次可是你一生一次的大舞臺啦。

而且這招防禦法，一方面也是因為我很信賴你，才有辦法做出來的啊。

你可是大英帝國的至寶，不是什麼爛刀劍。所以我就相信你，把一切都託付給你吧。

拜託你好好保護我啦。還有在我身後那面你祖國的國旗。

「————！」

即使在這個超超慢動作的世界中，如意棒——雷射光也依然像突然出現在視野中的緋色光線般映入我眼中。

相對地，我丟出去的薩克遜劍卻看起來像是完全停止在半空中一樣。

而那把薩克遜劍的前端被雷射擊中，開始像花苞綻放似地融化、擴張。

到這邊為止，就是雷射照射後經過零點零一秒。

要開始啦。

總時間不到零點一秒的矛與盾之戰。

零點零二秒。

融化尚未停止。薩克遜劍的前端像製作玻璃工藝品般膨大起來。零點零三秒，從最前端開始「啪！」地破裂了。

零點零四秒。

雷射已經到達薩克遜劍的中央部分。劍的前端宛如水滴濺開般往四面八方擴張，看起來就像從上空看著雨傘打開一樣。

到了零點零五秒——

——我知道了。

這場決鬥，是我輸了。

薩克遜劍從最前端到最後端，全長七十公分又八公釐。雖然比猴過去無法貫穿的假想大和艦主砲防盾的厚度還要長——

但它的熔點似乎比大和艦的高張力鋼鐵稍微低了一點。而這一點差異，就成了致命的關鍵。

——薩克遜劍最後會被雷射貫穿。而且還留下零點零一秒不到的照射時間。

對於威力強大的雷射來說，剩下這一點時間就已經足夠了……

它會緊接著貫穿我，以及在我背後的那兩面旗。

那個瞬間正以每零點零一秒的速度接近著。

零點零六、零點零六、零點零八——雷射貫穿薩克遜劍了——！

就在這時，超級慢動作世界中連閉上眼睛都來不及的我面前——

啪！

亞莉亞的子彈，在我胸前開花了。

……它……它竟然、擋下了雷射……！

因為子彈在旋轉的關係，它就像玫瑰花一樣融化、綻開……擴張的部分受到空氣冷卻，花瓣彼此又纏在一起……最後安定為一顆星星的形狀。

於是——

——時間的流速恢復了。

首先，宛如在煉鐵廠的一股熱風「唰！」地颳到我臉上。

亞莉亞的子彈大概是因為變成了容易受風影響的形狀，被吹到夜空中……像迴旋鏢一樣不斷旋轉，飛了一圈後又回到我們身旁的屋瓦上。

因為膨脹而讓表面積擴張了好幾倍的薩克遜劍，很快又讓變得比較薄的部分被空氣冷卻凝固……啪……

維持『開到一半的雨傘』的形狀，掉落在我的腳邊。

——看到雷射發射之後，我卻依然站在原地……

「……」

孫用力睜大結束發光的眼睛，沉默下來了。

她似乎從掉落在我腳邊的薩克遜劍的形狀，理解了我的防禦手法。

機孃張大嘴巴，諸葛也睜開原本瞇成線的眼睛。兩個人都啞口無言。

……我也不是不能理解他們的心情啦。

畢竟孫悟空是中國名聞世界的傳說、藍幫的最後王牌。

可是她的必殺技，現在卻被破解了。

「如果你最後還能夠站著，就算遠山贏了——妳剛才是這麼說的吧，孫？」

我姑且確認了一下後，孫臉上驚愕的表情就消失了。

接著，她默默轉身，把背部與尾巴轉向我。

露出不太甘心的表情，用中文對機孃說了一、兩句話。

結果機孃頓時露出「什麼！妳認真的嗎！」的表情，孫則是稍微緊咬了一下牙根後，點點頭……

「我說話算數。」

她隔著背影對我如此宣告後，默默地凝視著維多利亞港。

當場癱坐下來的機孃，沉默了一段時間後……對著似乎藏在她雙馬尾中的通話器，用中文講了些什麼話。

接著……——噹————……！

從樓下傳來了一聲巨大的銅鑼聲響。

看來那似乎是宣告敗北的暗號……

圍繞在藍幫城周圍的船隻們，紛紛響起警笛。彷彿是在安慰敗家、稱讚贏家似地。

「昭昭……機孃，謝謝妳這麼乾脆地認輸了。」

我聽著警笛聲，如此說道後……

「中國人很顧面子呢。輸的時候就是輸了。不乾脆一點的話，之後就會遭人批評呢。」

機孃用力別開臉，鼓起腮幫子。

總算……我也可以解除緊張的情緒，瞥眼看向亞莉亞……

發現她沉默地把雙手交抱在胸前，讓再度吹起的西風吹拂著她長長的雙馬尾。

她似乎明白戰鬥已經結束了，不過表情看起來卻有點複雜。

（那張臉……感覺應該是因為她到**事後**才明白了自己開槍的意義吧？）

我走到屋瓦上、亞莉亞那顆變成星星形狀的子彈旁邊……

稍微觸碰一下，確認它已經不燙手之後，撿了起來。

接著再走到變成圓錐形——宛如『開到一半的雨傘』的薩克遜劍旁，同樣確認了它已經冷卻凝固後，讓它直立在大梁上。

雖然有點難保持平衡，不過我從上方輕輕壓了一下，讓它的底部稍微彎曲之後……它總算就像放在操場的三角錐一樣站好不動了。

「亞莉亞，妳有拜託我去準備一個東西吧？」

被我轉頭叫了一聲後，亞莉亞不禁露出「？」的表情，看向薩克遜劍。

那張疑惑呆傻的表情，就像平常的亞莉亞一樣。

我接著將星型的.45ACP子彈放在薩克遜劍變得尖銳的頂端……

做出『圓錐形上放著星星』的形狀。

「——看。這就是妳期待的聖誕樹啦。」

雖然整棵樹都是金屬製的，而且上面的裝飾也只有頂端的星星而已啦。

哎呀，妳就ＯＫ一下吧？畢竟這材料可是大英帝國的至寶，而且加工者是孫悟空。算是世界上獨一無二的超珍貴聖誕樹啊。

看到我拋了一個媚眼，亞莉亞輕輕笑了一下……走到聖誕樹旁……

「……我真是服了你。那我就用這個將就一下吧。」

她說著，擺出歐美人常見的『真是受不了』的動作。

接著，把手上的雙槍旋轉兩圈，「啪！」地收進裙子底下。

話說回來……亞莉亞，妳真是教人欽佩呢。

竟然能夠在零點零幾秒的世界中，精準地讓子彈射入正確的位置。那種行為，簡直就像把針丟到空中後，在全速奔跑的狀況下，讓線穿過針上的孔一樣啊。

不過，亞莉亞依然辦到了。

這除了「手槍的天才」之外，沒別的話可以形容啦。

但是……

「真虧妳會察覺啊，亞莉亞。」

「察覺什麼？」

「就是我會用那種方式，防禦孫的雷射啊。」

「嗯……要說是察覺嘛，其實是我不經意在猜想『應該是那樣』的啦。靠我的直覺。」

「妳甚至靠直覺發現到，這棵聖誕樹的長度不夠抵擋雷射嗎？」

「也不是那樣的啦。你想想看，**畢竟你很粗心呀**。所以我就猜想，事情應該也有可能會變成那樣的。」

原來如此。在剛才那個局面中——亞莉亞並不是在注意孫，而是在注意我的動向啊。

然後看出我防禦的手法，並且發射子彈輔助我了。

這……也很厲害呢。連我本人都是當場臨時想到的招式，她竟然可以瞬間看穿，還做出行動。

「真不愧是夏洛克·福爾摩斯的曾孫，直覺之敏銳，讓人佩服佩服。」

我露出笑臉稱讚之後，亞莉亞稍微染紅雙頰，翻起眼珠看向我。

然後，微微嘟起嘴巴，有點害臊地小聲說道。

「才不是呢。那是因為對象是我的搭檔——是你的關係，所以我才知道的呀。」

原來如此，也就是所謂的心電感應嗎？畢竟我跟亞莉亞，也合作了很長一段時間。

——好啦——

我再度轉身看向孫。

原本眺望著海面的孫，察覺到我的視線後，緩緩地瞥眼看向我。

「……你竟然能夠活著接住我的如意棒。這還是人類史上頭一遭呢。」

雖然她是這麼說啦……

可是其實，我老弟在之前也活下來啦。

不過，哎呀，我就別告訴她好了。畢竟孫的自尊心好像很高的樣子。

「殺了我吧。」

再度把視線投向大海的孫，說出了這樣一句話。於是……

「我不會殺了妳。畢竟我不想被尊敬孫的玉藻罵啊。」

我聳聳肩膀如此說道。

「應該要說是因為武偵法第九條吧？」

結果亞莉亞卻在一旁提出訂正。

於是我忍不住露出苦笑，「是是是」地回應了亞莉亞一聲後，又再度轉頭看向孫。

「孫，只不過是輸了一次而已，別那麼小題大作啦。不管是什麼人，都難免會有輸的時候啊。不是有句俗話講，『猴子也會從樹上掉下來』嗎？」

……我雖然半開玩笑地安慰著，可是孫卻笑也不笑一下。

我還以為這句玩笑，對身為猴子的孫而言，一定很有趣的說。

「——遠山，就讓我告訴你一件好事，做為你在遠東戰役的『比賽』中獲勝的獎勵吧。你確實擋下了我的如意棒，但是，那只不過是我無數招式中的一招罷了。」

哎呀……這點我也認同啦。

畢竟孫那招觔斗雲——也就是叫什麼『短距離絕界橋』的瞬間移動招式，還沒有使出來。

雖然我在這次的勝負中贏了，不過即使是現在，我依然不覺得我們拿出真本事打鬥的話，我可以贏過她啊。

說完不認輸的話而稍微變得比較嘴硬的孫，露出毅然的表情看向我。

「不只是這樣。現在這身體確實是我，但也只不過是我的一根毛髮罷了。」

嗯……？她這句發言我就有點聽不懂了。

雖然在西遊記中，孫悟空確實會使用一種將自己的毛拔下來，變成分身的魔術。但是她剛才這句話的意義好像又有點不一樣。

孫一邊對表情疑惑的我說著，一邊睜開雙眼──

看著**亞莉亞**。

「……今晚真的是很有趣。既然有趣，就夠了。所以說，遠山武士，你就繼續戰鬥下去吧。享受戀愛，然後戰鬥。我就是喜歡那樣的遠山一族啊。」

她這句話……又是什麼意思？

難道遠山家的人在過去，也見過孫嗎？不，這很難想像。

──啊哈哈哈哈──

明明輸了，卻發出宛如勝利笑聲的孫，最後……

「我已經玩膩孫啦。反正也輸了。到下次心血來潮之前，我不會再玩了。我們就在世界的某個角落再戰吧，遠山。再見。」

說完這句話後，突然──

就像站著身體失去意識般，慢慢傾斜身子……！

看到她那彷彿要跳樓自殺的動作……

「──！」

亞莉亞趕緊衝向孫，於是我也追了上去。

孫飄散著黑色的長髮，像棒子一樣倒下──

「唉──哎呀！」

機孃慌慌張張地用雙手拉住了孫的裙子。

結果就在這樣要倒不倒的平衡力道下，「咚」地像個女孩子一樣坐到地面上的孫──不，我知道。這已經是──**猴**，宛如剛睡醒般睜開了眼睛。

「……？這、這裡是……呀哇……！」

她發現自己竟然坐在屋頂的大梁上，驚訝得發出明明跟孫使用同一個聲帶，卻聽起來相當膽小的聲音。

接著……啪！

大概是為了不要掉下去吧？猴趕緊用全身貼著屋梁，甚至連尾巴都緊緊貼在屋瓦上。

看到她那副德性，亞莉亞不禁稍微滑了一跤，停下腳步，露出鬆了一口氣的表情。

而剛好走到藍幫三人身旁的我……

也多少放下了心中的大石。

操縱著孫的某個人物，剛才留下了一句已經對扮演「孫」這個存在感到厭倦的發言。

那個人物是一名女性。而處於爆發模式下的我聽得出來，那應該是她的真心話。

我那份「從孫手中救出猴」的決心……

應該算是多少完成了吧？

「……雖然擋下如意棒已經是一件很不可能的事情了，不過現在這也是一件不可能的事。竟然沒有使用佩特拉之鑰，就讓孫變回猴……」

諸葛似乎因為從剛才就不斷見識到讓他驚訝的場面，而瞪大了原本瞇細的雙眼。

而我則是走到他身邊，用蝴蝶刀——它已經沒在發光了——切斷綁住諸葛雙手的繩子。

「諸葛，這世上沒有什麼不可能的事……不要放棄希望。」

我因為想到他患病的事情，所以最後多加了一句話後，諸葛不禁露出苦笑，搖了搖頭。

「也罷（中文發音）……您這個人，總是讓我見識到顛覆常識的場面，都讓我不禁開始覺得，思路老是被道理拘束的自己，分外愚蠢了啊。」

他跟亞莉亞一樣做出『真是受不了』的動作後……

就像什麼事情都沒發生過似地，把左右雙手分別攏入另一側的袖子中，挺直背脊看向我。

「雖然本人在心情上很想當場跪下垂頭，不過現在藍幫與巴斯克維爾小隊是站在並列的立場，算是對等的關係了。」

「你那是什麼意思？」

亞莉亞頓時露出幾乎要對諸葛與機孃大吼『給我跪下！』的表情，用力皺起眉頭。

「──我的意思是，今後藍幫將成為『師團』的一員，進行支援工作。」

聽到諸葛說得若無其事，亞莉亞不禁呆了一下後……

彷彿在請教判斷似地，抬頭看向我了。

「昭昭她們似乎相當失控的樣子啊……你有辦法擺定內部的問題嗎？」

「至少香港方面沒有問題。因為這次的造反，會讓曹操姊妹們的階級下降的。」

被諸葛圓框眼鏡下的雙眼狠狠瞪了一下後，蹲在地上的機孃當場「嗚呀！」地做出抱住頭的姿勢。

諸葛，原來你也會露出恐怖的表情嘛。

「更何況，我想曹操姊妹今後的勞動意願應該也會有所提升的。為了能成為遠山先生的臣下……」

「關於那一點，我在昨天跟剛才都鄭重拒絕過啦。」

「那真是太浪費了。雖然她們如您所見，在指揮上有其難處，不過都是一群優秀的女孩喔？」

都已經讓我見識到昭昭們一連串的脫軌行為，卻依然還想要說服我接受她們的諸葛，看來也不是一名簡單的人物啊。

或者應該說，你根本就是打算把昭昭姊妹硬塞給我吧？

失控雙馬尾，只要有一個人就夠了啦。竟然還想再加四個人，一口氣變成五倍，我光是想像起來就覺得受不了了。

……不過……

……根據我過去的人生經驗，反正到時候應該還是會被硬塞到我這裡來的吧？

「不過，遠山先生，雖然本人這樣說，好像有點老王賣瓜——但是藍幫從眷屬轉移到師團的這件事，根據上海方面的動作，也是有可能讓極東戰役產生極大的戰力變動喔？」

對於諸葛這句彷彿在警告我的預測……

我也相當同意。

據我所知，極東戰役以做為起點的日本為中心，正演變成對師團有利的局面。

雖然這次是因為內部的政治問題而沒有發揮出全力，不過巨頭・藍幫既然敗陣了，眷屬今後搞不好會展開猛烈的反擊也不一定。而且想必是採取不顧一切的攻勢——

——碰！

痛啊……

「話說回來，金次！接下來要開反省會啦！」

亞莉亞踮起腳來，賞了我一顆拳頭，害我解除了臉上嚴肅的表情。忍不住笑出來的諸葛，趕緊用袖子遮住自己的嘴巴。

亞莉亞接著伸手拍打變成聖誕樹的薩克遜劍。

「你自己剛才也說過了，這把劍——要拿來當盾牌也太短了吧！要是我剛才沒有出手相救，你要怎麼辦！真是個笨蛋！不要讓人擔心呀！受不了！金次真的是……那個……」

奇怪？

她一如往常的嘮嘮叨叨，怎麼突然說到一半就失去氣勢了？

我什麼事都沒做啊。只有跟以前一樣，露出『生在這個世上真是對不起』的表情，不斷對她點頭致歉而已……

原本用力踩下『對金次的憤怒油門』，卻又忽然踏住煞車的亞莉亞，接著「唰……唰唰唰……」地臉紅到甚至快讓人分不清楚她那對紅紫色的眼睛在哪裡了——

最後，她將那對眼睛別向一旁……

「……你、你這個人、真的是……沒、沒有我在身邊就不行呀……！」

──用凹成「ㄟ」字型的嘴巴，小聲嘀咕了一句。

雖然她的音量聽起來像在自言自語，不過確實讓我聽到了。

該怎麼說呢？或許對亞莉亞來說，她這句發言多少包含著『所以我永遠都會跟你在一起啦』的告白成分吧？

而她剛才正要讓這句話脫口而出之前，才發現自己的話語中包含的成分，頓時感到害臊起來，猶豫要不要說出口……不過最後還是說出來了。雖然她的眼睛有點看向旁邊啦。

這真是讓人高興的一件事呢。

沒想到在我靠爆發模式安撫她之前，亞莉亞就自己幫我製造機會了。

面對在我眼前露出『你、你也快點對我剛才的發言做出什麼反應呀……！』的表情、全身扭扭捏捏的亞莉亞，我就恭敬不如從命地做出反應吧。

畢竟我現在如果不轉守為攻，接下來又會跟以前一樣被她徹夜說教啦。

「既然如此──」

我稍微把手掌彎成容器的形狀，將亞莉亞剛才捶過我一拳的手輕輕捧起來，舉到像電影中，紳士邀請貴婦人跳交際舞蹈時的高度。

「呼呀？」

見到我這個動作，身為英國貴族的亞莉亞也做出了反應，像小狗『握手』一樣把手指伸到我的掌心上。

「就這樣靠在一起吧。」

我輕輕把她的手握起來，根據西洋電影『羅馬假期』中我看過的記憶，一、二、三——哦哦，真不愧是亞莉亞，跟上來了呢。

我完美重現出葛雷哥萊・畢克的動作，而亞莉亞雖然露出驚訝的表情，卻也跟上了我的節奏，就像奧黛麗・赫本一樣。

慌張地抬頭看著我，不過身體似乎靠著習慣而依然踩著舞步的亞莉亞——讓粉紅色的雙馬尾飄揚起來，美麗得讓人不禁讚嘆——

就在亞莉亞的身體旋轉半圈後的第三拍，我停下了腳步。

接著從背後用左手抱住她奢華的蠻腰，右手依舊沒有放開。

就這樣，亞莉亞被我從後面抱著，我則是隔著亞莉亞的肩膀……

兩個人一起眺望著分隔香港島與九龍半島的維多利亞港夜景。

「我、我沒想到你竟然還會跳舞呢。每次都這樣出其不意。你是在哪裡學的呀？」

「硬要說的話，在羅馬吧？」

「……啥？」

亞莉亞露出犬齒、半轉過身，於是我又抱住了她的腰。

結果亞莉亞就小聲「啊嗚」了一下，又把臉轉回維多利亞港的方向……包含原本就已經通紅的耳朵與脖子在內，低下去的頭部開始冒煙了。

「……嗚哇。」

聽到她發出有點驚訝的聲音……

「有什麼好驚訝的，亞莉亞？」

我彷彿追著她的頭一樣稍微彎下身子，在她耳邊小聲問道。

結果，一小段沉默之後……

對於現在的我很老實的亞莉亞，乖乖回答了。

「……這、這樣靠在一起，我就發現……金……金次的身體、意外地很大呢……」

那應該是因為亞莉亞的身體很嬌小的關係吧？

不過要是我這樣說的話，亞莉亞應該會用這個姿勢直接把我摔入海中。所以我還是別說為妙吧。

亞莉亞呈現出以爆發模式來形容的話，β腦內啡大量分泌的樣子，甚至從腳尖到手指都不斷顫抖著。

因為那樣子實在太可愛了，我忍不住又稍微捉弄了她一下。

「妳會冷嗎？那麼——到太陽升起、變得暖和之前，我就這樣抱著妳吧。」

結果她回了一句「已已、已經很溫暖了啦。」勉強表現出婉拒的態度了。真是個意志堅定的女孩呢。

不過，大概是終究被我折服了吧？亞莉亞用小聲到爆發模式下的聽覺也幾乎快要聽不到的聲音，呢喃了一句「I wish… time could stop…（時間呀……停下來吧……）」呢。不可以呦，亞莉亞。妳這樣說的話，搞不好就會成真啦。

雖然機孃、諸葛與猴傻眼的視線刺得我背後有點痛……

不過亞莉亞的腦中似乎已經變得只顧著她自己跟我的事情了。她就是這種興奮起來，就看不到周圍狀況的類型啊。跟生氣的時候一樣。

「金次。」

「什麼事？」

亞莉亞低著紅透的臉——

「在ＩＣＣ、麗思卡爾頓飯店……ＯＺＯＮＥ的那件事，真是對不起喔。」

對之前她用巴流術痛毆迷路的我的那件事，道歉了。

「那件事是我不對啊。」

「不。我……只要遇到跟金次有關的事，就會變得很難控制自己的情緒……自從我們第一次見面開始，不知道為什麼，就一直這樣。我自己也一點辦法都沒有。所以……」

亞莉亞說著說著，聲音漸漸變得哭泣起來。

接著……

「或許我今後也會對金次鬧脾氣也不一定……然、然後……可能又會發生像在ＯＺＯＮＥ一樣的事情……總有一天……你會變得、討厭我……」

我好害怕被你討厭……亞莉亞聲音顫抖著，彷彿在表達這樣的想法似地。

搞什麼嘛。

原來她是想說這種事啊。

「今後也會對金次鬧脾氣——也就是跟之前都一樣的意思吧？」

聽到我苦笑著這麼說，亞莉亞頓時露出呆傻的表情，轉頭看向我。

真是可愛啊。包括她那對溼潤的大眼睛。

我這樣一想，笑臉也很自然地溫柔起來。

「我之前有因為這樣的事情，討厭過亞莉亞嗎？那麼我現在抱在懷裡的，又是誰啊？」

我裝作是在思考般歪了一下頭，於是亞莉亞在我的懷中——彷彿是在回答『是我』似地，前後一百八十度轉過身子，抱住了我的胸口。

她的臉雖然埋在我的外套中，不過我還是可以感覺到她很開心、很羞澀的樣子。

在爆發模式之下，光靠觸覺也可以知道這樣的事啊。

「亞莉亞，我們在ＩＣＣ的巴斯克維爾幹部會議……兩個人一起用餐的約定，還有效嗎？雖然我遲到了將近兩天啦。」

我在她耳邊小聲問著……

於是亞莉亞在我胸口中「嗯嗯嗯嗯」地點了好幾下頭。

我接著用右手輕輕抱住她的頭——

帶著感謝的心情，親了一下亞莉亞的秀髮。

亞莉亞。

就算我可以擋下音速的子彈，可以防禦光速的雷射，我依然沒有像亞莉亞那樣豐富的優秀條件。

不過我們現在，還是可以像這樣互相合作，並肩站在一起。

所以我現在，就輕輕握著妳的手——

暫時接受這個除了戰鬥之外什麼都不行的自己吧。

這樣一想，我忽然就覺得好像放下了肩上的重擔。

在即使到了聖誕夜的深夜，也依然很溫暖的南海夜風吹拂下，我眺望著教導了我許多事情的九龍半島與香港島。

在那地方，存在著日本難以見到的巨大地位差異。

而我因此聯想到自己與搭檔之間的地位差異，曾經一時無法接受，陷入了絕望。

就在我身無分文而流落街頭的北角，以及那華麗燦爛的ＯＺＯＮＥ。

然而，人即使感到絕望，也不會就此結束。

畢竟之後還要繼續活下去，只能接受現實、重新站起來了。就像現在的我一樣。

這樣一來，妳看，我又可以用我的手抱住妳啦。

但是，不能只有這樣。

在接受了現實之後，還有必須要做的事情。

我想那一定就是，要抱有全新的意志。

即使只能一點一滴慢慢來也沒關係，想辦法改變除了戰鬥之外都不行的自己吧——就是要抱著這樣的意志。

雖然改變並不是花一、二年就能辦到的事情，但即使要花上很長一段時間也沒關係。

畢竟這個目標值得花上那些時間，而且……覺得自己不行就只會鬧彆扭的話，對一個男人來說也太難看了吧？

——差異這種東西，只要想辦法彌補就行了。

我只要努力爬上這段高聳的斜坡、爬上亞莉亞在上面等待的漫長樓梯就可以了，即使只能一點一滴也沒關係。

就像院，不也是努力想要往上爬嗎？不也是努力想要脫離貧困的生活嗎？

（我一定也有能做的事情。那一定就是……）

雖然現在感覺只是拿著臨時執照，不過我總有一天，一定可以堂堂正正地站在亞莉亞的身邊——

聽著我每撫摸一下，懷中的亞莉亞就用娃娃音發出「嗯……」「……呀嗚」的聲音，我在心中呢喃著「啊啊，這時間也快要結束了啊」並露出苦笑。

因為妳聽，白雪跟理子走上屋頂的腳步聲傳來啦。

「……金次……」

正當亞莉亞在我的懷中發出陶醉的聲音時……

「給老娘等一下！」

「不～公～平～！只有欽欽跟亞莉亞在做好事～！」

從我們背後傳來白雪不知道為什麼用歌舞伎語調大叫的聲音，以及理子抱怨生氣的聲音。

看到亞莉亞被嚇得跳了一下，我不禁露出苦笑，轉回身子……同樣被不知不覺間站在我們身後的蕾姬嚇了一跳。

呃……亞莉亞與蕾姬，加上衝過來的白雪與理子……

（這次是一、二、三、四……）

機孃躺在屋頂上打著呵欠，猴則是滿臉通紅地用手遮著臉，從指縫間偷窺著……

因此，我現在只需要同時應對巴斯克維爾小隊的四位淑女就行了吧？這樣的人數……

嗯，還在我的能力範圍內。

就在我這樣想著，準備同時抱住那四個人的時候——

我的口袋中忽然傳出『櫻花開時』的旋律了。是手機在響啊。

……奇怪？

既然不是眼前的這四個人，那究竟是誰打來的電話？

我靠一發媚眼同時制止了四個人的動作後，看了一下手機……

嗯？是視訊電話呢。

而且還是國際電話——是金女打來的。

就是為了照顧受傷的GⅢ，跑到不知道是位於檀香山還是哈瓦那的祕密基地的那位我可愛的妹妹啊。

我看著手機畫面，接起電話後……

『聖誕快樂，哥哥！我這邊已經是二十五日囉～！』

碰碰！

在畫面另一頭拉響拉炮的金女……

看起來似乎是在武偵高中女生宿舍的房間中。

桌上有一整塊蛋糕切給好幾個人分享過的痕跡，她的頭上還戴著用紙做成的閃亮三角帽。看來房間剛才舉辦過什麼聖誕派對的樣子。

我看了一下手機畫面。

這裡的時差要減一個小時，所以是晚上十一點四十三分……

還是聖誕夜。不過日本已經是聖誕節當天了。

「既然妳現在會在東京，代表GⅢ已經沒事了嗎？」

對於這一點實在很擔心的我如此一問後……

『嗯！因為我們有請軍醫到基地來，另外九九藻還用了奇怪的藥草治療──所以他現在已經可以活蹦亂跳了呢。他說他昨天還在基地舉重二〇三公斤喔。』

你在搞什麼啊，金三？

我雖然能明白你想在部下面前耍帥的心情，可是那樣勉強自己，小心傷口又裂開囉？

話說，從本人的體重來計算，那重量應該並列美國紀錄了吧？

哎呀……反正照GⅢ的個性，就算他重傷隔天還跑去參加三項鐵人競賽，我也不覺得有什麼奇怪啦。

看來他的傷勢確實已經沒問題了，這樣也算是事件落幕了吧？

『哥哥那邊怎麼樣？』

「我們剛剛讓極東戰役的棋子前進一格啦。藍幫的人也說，今後他們願意把力量借給師團了。」

聽到我這麼說……

穿著制服的金女在畫面中用力鼓掌起來——

『真不愧是哥哥！東京也已經平定下來，稱霸亞洲了呢！』

她露出笑臉稱讚了一番後……把拳頭握在胸前……

『接下來就是歐洲啦！』

用力舉起拳頭，讓她褐色的瀏海也跟著跳了一下。

『——話雖如此，不過極東戰役的歐洲戰線，好像戰情不太妙呢。剛才玉藻也說過，不管是梵蒂岡還是自由石匠，好像超人戰士們都呈現一片全滅氣氛的樣子。』

我才想說亞洲總算平靜下來了……這下換成歐洲啦？

最糟的狀況下，搞不好戰火還會波及到日本來啊。我看還是稍微問一下戰況會比較好。

「玉藻也在那邊嗎？」

『嗯，不過她現在跟貞德還有中空知同學去洗澡了。』

聽她這樣一說我才發現到，那房間仔細一看，是貞德的房間啊。

貞德與中空知……

她們的星座小隊應該是到新加坡去了才對，原來已經回國啦？

雖然校外教學II的日期行程可以自由決定，不過她們回國得還真早呢。

『聽說在歐洲，伊．U殘黨主戰派的佩特拉跟魔女連隊的卡羯互相聯手，無人能敵的樣子。另外，眷屬還雇了傭兵，好像也很強的樣子。』

「……傭兵？規則上允許嗎？」

『聽玉藻說，好像可以呢。』

「他們雇用的是什麼人物？有多少人？」

『男女兩人，好像都是亞洲人的樣子。兩個人的真實身分都神祕到很不合理的程度喔。所以現在只知道——好像被叫做《妖刀》跟《魔劍》的樣子。』

就在我跟金女的對話內容開始變得詭異起來的時候——

彷彿是在做出呼應似地，藍幫城屋頂上的空氣也忽然騷動起來。

孫與機孃都站起身子，朝著維多利亞港的方向，用中文不知道交談了些什麼。

差點開始要吵起架來的亞莉亞她們巴斯克維爾四名女生，也都轉頭看向維多利亞港。

在海面上……似乎發生了什麼異常狀況。

於是我暫時將通話擱在一旁，跟著把視線望過去——

（……霧……？）

我的眼睛也清楚地看到了**那現象**。

包圍著藍幫城的船隻們，也紛紛傳來騷動的聲音。

——是海霧。

然而它並沒有籠罩整片海域，而是只有出現在海面上的一小部分而已。

那情景看起來就像有一朵雲單獨下降到水面上似地，非常不自然。

接著，它從西往東……緩緩地、緩緩地飄向香港。

——那片霧……

我有印象。

就是在那場宛如惡夢般的伊・U之戰中——夏洛克稱作是『預習』並用來遮住我視線的——濃霧之術。跟那招非常相似。雖然我說不上來是哪一點相似，不過我就是這麼覺得……！

……沙沙沙……沙沙沙沙沙……

某個影子忽然撥開漸漸靜止在海上的霧，讓霧消散了……

那影子不只是遊艇規模而已，而是巨大到讓人無法置信的人造物前端緩緩出現在海面上。

（……那是……液貨船……！）

是油輪啊。

靠我的目測，但那艘船應該全長不下兩百七十公尺，船寬不下四十五公尺吧。

雖然不至於連船名或船籍都知道，但我曾經有聽武藤說過大致上的船隻分類法──那艘船是蘇伊士極限型油輪（Suezmax），比普通的航空母艦還要大的巨大船舶啊。

那艘從水面往上依序被塗成紅色、黑色與甲板以上白色的典型油輪，吃水線深到幾乎快要看不見紅色的部分了。

可見船上滿載了石油。

藍幫城的屋頂、城內以及圍繞在四周的船隻發出的騷動聲越來越大……到了某個瞬間，全都「嘩……！」地改變成無法相信自己眼睛所見的聲音。

……看來……

（──這就是所謂「逃過一劫、又來一難」……是吧？）

我已經看到了。

──下一個敵人。

『哥哥，你有在聽嗎？關於歐洲戰線的事情呀……我想哥哥應該已經知道佩特拉了，而跟她聯手的那個人，是在歐洲被稱作「二十世紀最大的惡夢」──』

以為聽不到我的聲音是因為通信問題的金女，在手機中繼續說著。

「金女，有話等一下再說吧。抱歉──我已經看到**那傢伙**了。」

在油輪的船尾樓上──

通常會掛著巴拿馬、日本或美國之類國旗的地方，掛著一面巨大的旗幟。

亞莉亞宛如呻吟般，小聲說出了那面被燈光照亮的旗幟的名字。

「——Hakenkreuz（萬字旗）……！」

沒錯，那正是第二次世界大戰時期的德國國旗。

也就是將卐字傾斜四十五度的——納粹黨黨旗啊……！

5彈　不請自來的海霧

在萬字旗——嚴格上來講應該是卐字旗——的下方，另外還掛了一面比較低調的旗子，彷彿是在對卐字旗表示敬意。

紅底白盾，盾的中央有一隻看起來像獅子的狂暴黑色野獸。

「卡羯……！那是魔女連隊（Regiment Hexe）的旗幟呀！」

看到那面旗的理子，用裡理子的語氣發出焦急的聲音。

——卡羯——

我爆發模式下的頭腦，立刻回想起在宣戰會議中，對梵蒂岡大使——梅雅開槍的那名魔女的姿態，以及畫在她眼罩上的那個卐字符號。

我不可能忘記的。

就是當時第一個宣告要加入眷屬的卡羯・葛菈塞啊。

「卡羯？妳說那面旗，是卡羯・葛菈塞嗎……！」

聽到那個名字，亞莉亞的表情變得嚴肅起來。

「沒錯。卡羯跟我一樣是伊・U的中輟生。不過她並不是像我一樣被退學，而是為了回歸魔女連隊而自願中退的。」

卡羯・葛菈塞。魔女連隊。這些我以前都聽亞莉亞說過。

她們……是一群惡名昭彰的恐怖組織。是被美國所謂的『流氓國家』以高薪雇用，在世界各地幹盡壞事的傢伙們。

「——所謂的『魔女連隊』，其實原本是二次大戰之後逃亡到伊・U的納粹德國殘黨。是當時的海因里希・希姆萊培訓出來的德意志研究會（Ahnenerbe）超能力部隊。而卡羯就是那個部隊的第九任隊長，別稱是『厄水魔女』……」

過去雖然在伊・U是同學，但現在已經不是同伴了——

理子彷彿是在主張這一點似地，說著有關魔女連隊的情報。

「Rushing to her doom（真是飛蛾撲火）。我要開她的洞，把她抓起來……媽媽的冤罪中，有九十六年份是那傢伙伊・U時代的罪呀！」

明明在距離上不可能擊中那艘油輪，亞莉亞還是拔出了雙槍……而我也配合著她，立刻拔出沙漠之鷹。

接著，我與亞莉亞同時，把三個槍口都瞄準同一個目標——

也就是突然出現在屋頂邊緣、黃金龍雕像上的『某個影子』。

然而……

（……那、那是……什麼啊！）

所有人把視線看向我們兩人靠氣息察覺到的**那個東西**，結果大家都忍不住瞪大了眼睛。

在黃金龍上，竟然是一團又軟又有彈性、感覺像某種果凍的玩意。

大小約一公尺半左右。雖然有一點點白濁，但幾乎可以說是透明的。

形狀上感覺就像豎立起來的抱枕，搖搖晃晃地站在那裡。

在那讓人感到噁心的東西上空，有一團霧，「唰唰」地提供著水蒸氣——

「……是厄水形……！好厲害，竟然還併用了複寫人工靈體……怎麼會有如此高難度的魔術！大家不要太靠近它。雖然那不是什麼毒或酸，但萬一不小心碰到它，整顆頭或是臉部就會被它抓到而溺死了呀。」

聽著白雪這段很像S研的臺詞，我在視覺上也感受到了。那東西確實是魔性的存在。

是我……不太擅長對付的領域啊。

水蒸氣提供結束後，伴隨著「呀哈哈哈哈……！」的笑聲，那團所謂的『厄水形』漸漸變化成像女孩子的形狀——

「這個史萊姆渾蛋！」

「……嗚！」

碰碰碰碰！

理子與看起來有點膽怯的亞莉亞同時開槍。

然而，子彈就像真的射入水中一樣，只是稍微減速之後，就貫穿到另一側去了。

看到那一幕，我也不得不讓變得無用武之地的ＤＥ移開了準心。

「兩位，開槍攻擊是沒有用的。厄水形的本體是在別的地方。我想那應該只是單純的廣播器而已，就讓它說話吧。」

已經看慣超能力的白雪，冷靜地制止了亞莉亞她們……

站在上風處舉起香水瓶、打算把厄水形炸散的機孃，也把手收回了袖中。

那個厄水形……就像色彩比較淡的３Ｄ影像一樣，漸漸變化為女性的形狀。

即使是我也能一眼就看出來——那是**魔女**的形狀。

……不會錯的。

那是卡羯．葛菈塞。眷屬。魔女連隊大使的身影。

卡羯戴著一頂帽簷寬大的黑色三角帽，肩膀上停著一隻大烏鴉。明明有風在吹卻沒有飄盪起來的漆黑長袍，證明白雪說得沒錯，那只不過是將遠處某個地方的卡羯本人立體投影出來的東西罷了。

全身上下都像典型魔女的卡羯……唯有一處跟普通的魔女不太一樣。

就是她戴在右眼的那個胭脂色眼罩上，描繪的卐字徽章。

卡羯用單邊的臉頰咧嘴一笑，掀起身上那件天鵝絨長袍——

將右手下臂橫放在平坦的胸口前……

「——Sieg Heil（勝利萬歲）！」

一登場就給我來這招了。

也就是把手筆直地伸向斜上方，所謂的『納粹式敬禮』。

在歐洲生活比較久的亞莉亞與理子，看到她這動作就露出火大的表情……

不過我則是趕緊分析著因為這個動作而露出的長袍下制服。

那是一套嚴格遵循正式的納粹制服所製作出來的衣服，感覺並不像趣味低級的角色扮演服。

既然如此——所謂的軍服或制服，就會像履歷書一樣表明出穿著者的地位與所屬單位。

雖然因為色彩不鮮明，讓我無法完全確定。不過……

她的制服下半身是一件緊身迷你裙，但是跟親衛隊女性輔助員（SS Helferinnen）的制服不太一樣。那是在電影之類的作品中常見的親衛隊（SS）黑制服——然而卻又不是一般親衛隊（Allgemeine SS）。畢竟在細部上有所不同，而且頭上又不是戴著有骷髏徽章的制服帽，而是一頂魔女帽啊。

右邊的襟章是SS的變形文字，左邊是星章四枚加兩槓，相當於中校。這個階級擔任連隊隊長啊？真是辛苦了。至於表示所屬部隊的袖章，是我沒看過的樣式。脖子上掛著一枚騎士鐵十字勳章，上面的年份是……二、二〇〇七年？別說是戰中了，根本就是不久之前嘛。

——恐怕，所謂的魔女連隊……

是存在本身就被列為納粹德國軍事機密的祕密部隊，到戰爭結束後也沒有曝光。像這樣的隊伍、兵器或是作戰，在世界各國都有不少案例。

而這種隊伍的後繼者到現代還依然在進行活動的事情，其實在我們業界也偶有耳聞。

像伊·U，說起來也是其中一個例子啊。

「——諸位，晚安呀。」

卡羯搖曳著她的鮑伯頭黑髮，用紅色的左眼環顧眾人後……

「嘿～大家有在享受嗎～？戰爭真是有趣呢！」

這還真是……不知道該說像孫還是像理子，完全不掩飾自己戰鬥狂的個性啊。

在一臉不悅的我眼前，表情愉悅的卡羯拔出她的魯格P08手槍，指向遠處的油輪。

「各位躲在驅鬼結界中害怕顫抖的膽小鬼——巴斯克維爾小隊！那是我對你們的宣戰行動，順便要殺了背叛者希爾達。畢竟香港的抗魔性很高，魔術玩起來不起勁。我就用那艘油輪直接毀掉啦！」

卡羯她……打算用那艘油輪進行某種攻擊行動嗎？

哎呀，我也不認為她單純只是在運送石油啦。

「無論規模大小，所謂的戰爭就是各種力量平衡的爭奪競爭。以極東戰役來說，西方有師團的自由石匠，東方有眷屬的藍幫。我不希望這兩個有組織力的團體失去平衡。所以說，敗北的藍幫！我要對背叛者做出制裁，殲滅你們！不過哎呀，畢竟你們人數太多了，因此我決定要連同整座城市一起殲滅掉啦。」

連同整座城市……？

難道卡羯打算光用一艘油輪，就把整座香港都毀掉嗎？

那種事情，怎麼可能──

……

……──！

「其實我本來是想打造一艘裝滿爆泡的齊柏林飛船喔？只是上頭的人生氣了，對我說『優秀的恐怖組織，應該要不花大錢或時間，就給予敵人重大打擊才對！』什麼的。哎呀，簡單來講就是沒預算也沒工期的意思啦。所以我只好用劫持來的油輪，經濟實惠地把你們全部殺掉啦。唉～」

用簡直像『我想出的足球作戰被教練生氣拒絕了啦～』的輕鬆態度抱怨完後，卡羯的厄水形就……

從長袍的尾端開始，像融化的果凍般開始崩落了。

「那麼，你們就先下地獄去吧。反正我遲早也會死，到時候我們在地獄再來戰爭吧。哦，對了。喂，遠山金次，星伽白雪。」

……嗯？她竟然一邊融化著，一邊指名道姓啦。對我們這兩個純日本人。

「下次我們就撇開義大利，一起來戰鬥吧。嘿嘿嘿！」

她這是指第二次世界大戰中……日德義三國同盟的事情嗎？搞錯時代也該有個限度吧？

卡羯的厄水形嘿嘿笑著，漸漸融化……最後變成一灘水，從黃金龍雕像上「嘩啦！」一聲落下來了。

我聽到理子咂了一下舌頭而轉頭看向她——

「在伊．U的時候……那邊的昭昭教過我炸彈戰術，而卡羯則是教過我劫持戰術。那是卡羯說過在理論上可行的『劫持油輪戰術』……！因為規模太龐大的關係，她當時只是用口頭教過我而已。不過現在卡羯打算實踐了呀。」

臉色發青的理子，用雙眼瞪著海上那艘懸掛卐字旗的油輪。

「——那是新加坡船籍的西瑪．哈里號。載貨重量十五萬噸，大概全部是石油呢。它被劫持了，不會錯。海峽航路不正確呢。」

從袖口中拿出眼鏡、一邊以手掌水平橫放在額頭前的機孃，看著那艘油輪如此說道。看來她本身也有像武偵高中車輛科方面的知識。

「那個『劫持油輪戰術』，是什麼戰術呀？那樣頂多只會撞上岩壁爆炸，讓幾小塊區域發生大火災而已。大火遲早也會被撲滅。可是卡羯剛才說過要讓整座香港毀掉呀。」

聽到亞莉亞這麼問，理子就——

「劫持油輪戰術，並不是讓油輪撞上城市爆炸的戰術。」

說出了我剛才靠爆發模式的腦袋同樣想到的一種、利用油輪最有效率的敵陣攻擊方法。

「妳應該也有在電視新聞上看過油輪漏油意外的影像吧？所謂的劫持油輪戰術，就是首先在港灣內故意引起那樣的事件。因為石油的比重比海水輕，很快就會擴散到整片港灣內。而香港氣溫很溫暖，十五萬噸的石油很快就會揮發。只要讓揮發的石油混合在空氣中超過百分之一點三以上，**整個空氣都會成為導火線**。接著只要讓街上小小的火苗在海上點燃，整個港灣都會一口氣燃燒起來。燃燒的火焰會搶走空氣中的氧氣，窒息與一氧化碳中毒就可以將整座城市都殺死了。這是以納粹開發出來的『真空炸彈』為基礎，發展出來的大量破壞兵器呀。」

聽到理子的話，屋頂上的所有人都變得啞口無言了。

——化為火海的維多利亞港。

——化為死城的香港。

光靠那一艘油輪，搞不好真的就可以產生出那樣的地獄場面……從理子的話中，表達出了這樣的意思。

「……也就是超巨大版、而且原始的燃料空氣炸彈是吧？金次，我們上那艘船去。」

手握雙槍的亞莉亞勇敢的聲音，打破了現場的沉默。

但是，遇到海上劫持竟然二話不說就打算展開強襲，也太不顧理論了。

「——等等，亞莉亞，不要刺激對手。對方可是劫持犯，而且劫持的是油輪，嚴禁開槍啊。」

聽到我這麼說，亞莉亞雖然乖乖把槍收回槍套中，不過……

「卡羯如果想要讓剛才說過的那項作戰成功，應該就不會立刻實行才對。她應該會讓油輪行進到擴散石油最佳的位置……也就是海流之類的條件最好的地點。反過來說，在她讓油輪抵達那個位置之前，就是我們的時限了。」

還是靠她直覺性的思考，說出了一番聽起來很有道理的話。

真不愧是在英國武偵廳時代已經習慣對付恐怖分子的人啊。

好……真是沒辦法。就上吧。

「——諸葛，你先去聯絡香港海上警察。」

我對諸葛這麼說著，同時在心中對臉色發青的機孃小聲呢喃。

（真是因果報應呢，昭昭。）

昭昭她們之前對新幹線做過的攻擊，這次輪到她們自己要面對了。哎呀，雖然在攻擊的規模上完全不能相提並論啦。

跟這比起來，理子的劫機根本還算可愛呢。

「……唉，魔女連隊的行動也真快啊。昨日的朋友是今日的敵人，這句話說得真好。」

正如拿出手機的諸葛所說——

卡羯對今後會成為敵對立場的藍幫做出的收拾行動，可以說相當快。她大概是早已預測到藍幫在跟巴斯克維爾小隊的戰鬥中會落敗的事情，而事先做好了攻擊準備吧？真是個恐怖的女人。

話說回來，我跟劫持事件還真有緣呢。

在經歷過腳踏車劫持、公車劫持、飛機劫持以及新幹線劫持之後——

沒想到在海外，竟然還會讓我碰上誇張的油輪劫持事件。

我是不是應該去找間絕緣神社，請他們幫我驅除跟劫持事件的惡緣啊？

「……感覺到了。小金，在那艘油輪……西瑪．哈里號上，有個力量強大的魔女，一定就是卡羯．葛菈塞了。另外還有一個人……這是……佩特拉？」

白雪將留著妹妹頭瀏海的額頭對著油輪的方向，閉上眼睛說著。

看來她利用鬼道術，可以知道超能力者的存在。之前在安蓓麗奴號上戰鬥的時候，她也曾感受到佩特拉的氣息。

（——就跟劫持新幹線時的昭昭一樣啊。）

卡羯在確保了退路的條件下，為了讓作戰能夠確實成功，而守在那艘油輪上。

雖然這樣做並不能看到她們的身影，不過我還是凝視著油輪。

將我從ＩＣＣ俯視看到的香港全景，與我跟白雪觀光時利用手機顯示的ＧＰＳ地圖互相組合……嘗試大略計算出油輪的目的地與作戰時限。

油輪正緩緩地穿過藍塘海峽，航向維多利亞港的入口——鯉魚門。

那情景就像一顆毒藥，正準備進入巨大都市・香港的腹中一樣。

風向從剛才就保持著西風，海流看起來緩緩地由西往東流動著。如果要讓石油遍布維多利亞港，讓揮發的成分隨風擴散的話……油輪一定要航行到海灣西側，從東往西橫渡九龍半島與香港島之間才行。

既然如此，從油輪的航速來計算——我們的時限大概有三十分鐘。

從藍幫城移動到油輪上，對恐怖分子的魔女們展開強襲、逮捕，解除釋放石油的機關，還要讓船停下來、不撞上岩岸……

光靠三十分鐘，還真吃緊啊。

亞莉亞的直覺沒錯，要行動就要趁現在。一秒鐘都不能浪費。

「——快去準備一艘最快的遊艇！就算早一秒也好，我們要趕快到西瑪．哈里號上去！」

用娃娃音大喊的亞莉亞，似乎也靠直覺引導出跟我一樣的想法了。

話說回來，竟然首先做出的行動是確認時限……看來我們都已經很習慣對付劫持行動啦。

「不行呀，亞莉亞……靠船一定沒辦法過去的。」

白雪在胸口前握起她小小的手，環顧著附近的海面。

我也跟著她看向藍幫城周圍的海域，發現這座城以及圍繞著城堡的船隻們，都在漸漸地飄向外海的方向。是海上起浪了，而且只有我們這附近而已。

「這……一定是卡羯的術法。她操縱著海浪，在阻礙海上的航路。卡羯——厄水魔女，想必是可以操縱任何液體的魔女呀。如果搭船過去，肯定會在途中沉沒的。」

聽到白雪的話，我與亞莉亞不禁面面相覷。

能夠操縱液體的……厄水、魔女。這次的石油，就是所謂的「厄水」了嗎？

這下該怎麼辦？就算我們想做出對應，沒辦法到油輪上就沒轍啦。

即使想從空中飛過去，亞莉亞的ＹＨＳ也正在故障中啊。

「——機孃，有沒有直升機之類的東西？」

被我這麼一問，機孃按著通話器，露出焦急的表情對我搖搖頭。

「藍幫城沒有直升機呦。所以我叫了水上飛機呢。二十分鐘就會來了。」

……那樣不行啊。光是抵達油輪上就已經沒時間了。

看到我臉上煩惱的表情，穿著短版水手服的猴就抬起頭對我問道。

「……遠山，你要去那艘油輪上嗎？」

「我是很想那麼做，可是找不到短時間過去的方法啊。」

「如果是現在，有方法可以去。而且不會花時間。」

猴說著，看向我跟亞莉亞……不是臉，而是看著整個身體。

看來她似乎在測量我們的身體大小。

「什麼？要怎麼過去？」

聽到亞莉亞這麼一問……

「——用觔斗雲。」

猴說出了跟如意棒一樣出名、在西遊記中也有出現過的名字。

「用科學方式來講，就是利用蟲洞的相位空間連續複寫移動。用現代西洋魔法學來說，就是短距離絕界橋。所謂的觔斗雲——其實就是一種瞬間移動的魔法。」

這也是俗話說的『事實往往比小說更神奇』啊。

剛才孫也有說過，在童話書中描述的那朵『不論何處都能瞬間抵達』的雲，其實是一種瞬間移動的法術。

即使是爆發模式下的我，也無法理解那究竟是利用什麼原理的移動方法。不過……我瞥眼看向白雪，她就有點僵硬地對我點點頭，表示『我想應該勉強沒問題』。

……那就賭賭看吧。

雖然我個人不是很喜歡，不過反正我也已經習慣異常現象了。

畢竟現在沒有時間，而且就算我在這邊猶豫不決，到最後也是會缺氧而死啊。

「靠那個就能到西瑪・哈里號上了嗎？」

看到我對猴進行確認，亞莉亞也露出做好了覺悟的表情。

「是的。只要還在我的視線之內。」

我在猴的催促下轉頭一看，就看到航行在鯉魚門附近的西瑪・哈里號，快要被香港島遮住了。

它的船首部分，已經躲在島的背後，看不見了。

「不過，這招就跟如意棒一樣，一個晝夜只能用一次。要過去的話是單程通行，回程必須自己想辦法。另外，能夠傳送的體積有界限，以人類來講大約是兩人份。如果要送兩個人過去，猴就不能過去了。目前看來，遠山與亞莉亞小姐剛好是勉強可以過去的體積。」

——能夠過去的，只有兩個人是嗎？

如果可以的話，我是希望能夠讓超能力的專家——白雪過去啦。可是既然體積超過，那也是沒辦法的事。

啊啊，上帝有時候還真是殘酷呢。

白雪，沒想到妳那比亞莉亞豐滿的體型，竟然在這種時候造成了反效果。

雖然也是可以選擇讓亞莉亞跟白雪過去，但是想到有可能要跟卡羯或佩特拉進行交涉……這麼說有點老王賣瓜，不過應該會需要我爆發模式下的頭腦，以及能夠用花言巧語說服女性的能力吧？

看來也只有我跟亞莉亞了。

就賭賭看福爾摩斯四世與其搭檔的合作能力吧。

另外，之前在安蓓麗奴號的戰鬥中……佩特拉與白雪不相上下，而她對亞莉亞則是輸了。既然有過這樣的經驗，我想在跟佩特拉的談判中，搞不好比較容易虛張聲勢也不一定。

「了解。那首先就由我跟亞莉亞過去。機孃就用水上飛機，以白雪為優先，把巴斯克維爾小隊送過來。理子想辦法跟運輸GA的成員聯絡，他們應該也在香港才對。」

就在我對其他人發出命令的時候，猴則是伸手將亞莉亞跟我抱近她的身邊。

沒時間了。

油輪的前半部已經被香港島遮住了。

「……來了來了，觔斗雲，來了……（中文發音）」

猴帶著『已經沒時間再進行說明了』的氛圍，抱住我跟亞莉亞的腰，閉上眼睛。接著，「raira、raira……」地用年幼的聲音不斷詠唱著。

幾秒鐘過後……

猴的胸前出現了一顆細小的金色粒子。

不用白雪說明我也可以知道，那應該就是某種超能力了。

那顆發光粒子就像被風捲起的金粉一樣，在空間中不斷來回。盤旋的空間呈現一個球形，直徑不斷在膨脹著。

飛梭的發光粒子從兩顆、四顆、八顆——一百二十八、兩百五十六——「啪！啪！」地呈倍數不斷增加。

轉眼間，粒子們包覆了我跟亞莉亞的周圍……變成一片發光的霧。

感覺就像身處發光的雲中。

在那片亮到讓人睜不開眼睛的光芒中……

我感覺到猴的手放開了我的腰。

猴口中詠唱的咒語，也跟著漸漸遠去——

原本從下方傳來的波浪聲，變成從側面傳來了。

同時，周圍的光芒不只是金色，有紅色、藍色、黃色、紫色與白光等等……變成了五顏六色的光彩。不過亮度倒是變得極為緩和。

這感覺甚至像是在夜空底下、某個昏暗的地方，周圍有各種顏色的光芒一樣。

「……？」

我微微睜開閉上的眼睛，環顧四周——

首先看到眼前是跟我一樣在東張西望的亞莉亞。

其他就看不到任何人影了，連猴也不在。

被遠處的光線照亮的腳邊，不是藍幫城的屋頂，而是變成了塗有防鏽塗漆的光滑鋼板。四周的面積相當於好幾個操場，稍微有點距離的地方則是像工廠屋頂一樣，可以看到好幾根鐵管。遠處還有小型起重機，以及像人孔蓋的石油抽出口……

……真是讓人驚訝……

我知道這裡就是距離藍幫城相當遙遠的那艘油輪——西瑪・哈里號的甲板上。猴竟然、真的辦到了。而且還是在轉眼之間。

這就是……所謂的『瞬間移動』嗎？真是驚人的體驗啊。

肉體上沒有任何感覺，就只是覺得很刺眼而已。

「……瞬間移動這種事，我還是第一次經驗啊。」

我嘆著氣說道。亞莉亞則是用紅紫色的雙眼抬頭看著我。

奇怪？她好像不怎麼驚訝的樣子。

「我也是第一次親身體驗啦。不過，我在莫斯科就已經看過敵人使用這招了。」

這麼說來……她確實有說過這樣的話。

就是暑假最後一天，她幫忙我打掃完偵探科校舍之後。

「不過，妳也稍微再驚訝一點吧，亞莉亞。我們要保持身為人類的感覺啊。」

「你有資格說那種話嗎？哎呀……我是沒想到竟然才剛聽完說明，就在一分鐘內實行了啦，在這一點上我是有點驚訝。」

我看我還是放棄吧，要在這種事情上期待亞莉亞做出一般女生的反應，是不可能的。

「話說回來，金次，恭喜你呀。」

亞莉亞「嘿咻」一聲站到一根高度大約在膝蓋左右的細長鐵管上——

含著微笑，用恭敬的手勢比向周圍的景色。

那情境感覺就像我剛才把聖誕樹送給她一樣。

「——是你夢寐以求的夜景呢。」

聽她這麼一說，我環顧周圍……

侵入到維多利亞港——九龍半島與香港島之間的西瑪・哈里號，正好就在香港引以為傲的港灣地區大廈群夜景之中。

原來我剛剛移動到這裡來之後，首先感受到的五顏六色光彩，全都是香港的燈光啊。

以日本的品味絕對無法達到的、色彩豐富的大廈街道燈光。

我在來到香港時的飛機上也曾看到的大廈群，爭奇鬥豔地照亮黑夜；在我受到許多人照顧的北角，公寓群綻放出帶有生活感的光芒；還有九龍華麗的五星級飯店；全世界的企業驕傲地展示自家公司品牌的霓虹燈；被聚光燈照亮的半圓型屋頂建築物；甚至還有整個表面都在發光的大廈；遠處則是我跟亞莉亞吵架的那棟ＩＣＣ。

所有的光彩都映照在海面上，讓五顏六色的燈光又變得更加燦爛。

這感覺宛如身處寶石盒中一樣。

看到如此生氣蓬勃的美景，我……

一時之間說不出話來了。

——百萬美元的夜景——

原來就是這樣的景象啊。老爸，我總算看到了。

哎呀，雖然我從來沒有想像過，竟然是在這樣的狀況下讓我看到啦。

「雖然通常是從一邊的岸上看向另一邊的海岸啦，不過從維多利亞港就可以同時看到兩側，是兩百萬美元的夜景呢。」

妳說的話真是可愛呢，亞莉亞。

「另外還有妳那雙映照出這片美景的眼眸，再加倍，簡直是無價啊。真是謝謝妳啦。」

「你在說什麼蠢話啦。我讓你看到這片景色，是為了提升士氣呀。」

亞莉亞豎起她美麗的眉毛，立刻進入了工作模式。

喀嚓！喀嚓！明明是在一艘油輪上，亞莉亞依然用她小小的手拔出了雙槍。不過……看來應該是沒問題的。真不愧是現代的油輪，甲板各處都經過了防彈處理。應該是為了防範海賊吧？

我也沒時間沉浸在夜景中了。

今晚就讓我同時用上貝瑞塔與沙漠之鷹兩把槍吧。

畢竟在**數量**上——似乎有點多啊。

「我絕對要保護這座亞洲首屈一指的經濟大城市。」

「是啊，我也想保護那群雖然貧困卻也過得幸福的人。」

亞莉亞朝著九龍超高層大廈的方向，而我則是朝著香港島——現在剛好抵達北角的海岸邊——背靠著背，互相防守對方的死角。

來者不拒的香港，現在正迎接了一艘宛如劇毒的油輪。

百萬夜景——那無數的光點，都象徵著人們的生活、各自的夢想與笑臉。我們必須要守住他們才行。

「『放眼世界，展翅高飛』。真的就像武偵憲章第九條所說的呢。」

「雖然我是希望能更和平地展翅高飛啦。」

在互相對話的我跟亞莉亞周圍……從剛才開始……

就可以看到一群佩特拉模仿阿努比斯神創造出來的狗頭沙人偶。

除了原本就在甲板上負責警衛的傢伙之外，從後方那棟外觀像低層公寓的居住區也浩浩蕩蕩地出現了一大群。感覺我們已經被包圍了。

彷彿抱著警戒心似地跟我們保持距離的那些沙人偶們，這次身上穿的是深綠色的衣服。仔細一看，那是野戰服啊。這應該是受到卡羯的影響吧？

氣氛上感覺真的就像納粹亡靈的沙人偶們，武裝跟之前夏天在台場金字塔看到的時候比起來，有升級了。之前只有一把的斧頭，這次變成雙手各一把。甚至還有在腰上掛著手槍的傢伙，那是毛瑟C96手槍嗎？

在船尾的方向，有一面巨大的卐字旗隨風擺盪著。

諸葛剛才說過，昨日的朋友是今日的敵人……而我的爺爺，過去也曾經跟卡羯的同黨（納粹德國）是同盟關係。而這次，我則是站在跟他們敵對的立場上。

（接下來的對手，是那個嗎……）

我皺著眉頭，抬頭看向那面卐字旗。

哎呀……從至今為止戰鬥過的敵人模式看來，我也有想過遲早會遇上那一型的對手啦。

跟我背靠著背的亞莉亞，忽然從背後拉了一下我的左手……

她似乎是在看我的手錶。畢竟亞莉亞平常是不戴手錶的。

她放開我的手之後，我也看了一下手錶。

上面顯示的時間，剛好變成了零點——

「聖誕快樂，金次。」

——來到十二月二十五日了。

舉著手槍，說『聖誕快樂』嗎？

哎呀，確實是很符合我們風格的聖誕節啦。

唉，我對聖誕節的回憶都不怎麼好啊。

而今年又要再添一筆了。

「能夠跟妳一起迎接這一刻，我真是感到光榮啊——聖誕快樂，亞莉亞。」

Go For The Next!!!

後記

大家好！我是赤松！

中間夾著一本短篇集『Cast Off Table』，隔了許久的本篇故事第十四集來啦！

要說一下……這次的後記中，會有透露劇情的部分喔。

如果有讀者還沒有讀完這本書的小說部分，請注意一下。

好啦好啦……

寫得像上下集的第十三、十四集——香港篇。筆者雖然之前為了取材，有去過一趟香港……不過寫著寫著，我又想再去一次了。（笑）

赤松去年到香港是人生第二次了，第一次是香港剛從英國被歸還的時候。因為實在是很久以前的事，我也不是記得很清楚……不過我記得當時的百萬夜景，就像珍珠項鍊一樣雪白。

然而，這次去看到的香港夜景，就跟金次所看到的一樣是五顏六色，宛如寶石盒。畢竟其中經過的時間都已經讓當時還是少年的我成為一名大人了，街景也是會產生巨大改變的吧。兩種夜景都相當美麗喔。

對了對了，有個東西我一直想寫在小說裡，最後卻沒寫成。

就是我這次取材時，在一間有名的杭州料理餐廳吃到的特色料理——蟹粉拌麵。那道料理美味得讓我當場嚇了一跳。而且在一碗羹麵中使用了好幾隻上海蟹的蟹黃，是一道非常奢侈的料理。我在看到價格的時候，又被嚇了第二跳呢。

——一碗羹麵，換算成日幣竟然要大約四千元……！

不過因為真的是好吃到值得那個價錢，所以我一定要寫在小說裡！而且不寫就太浪費了！

我當時是這麼想的啦……可是不管我怎麼寫、怎麼寫，就是沒辦法讓金次有機會吃到。因此到最後，只好在這裡介紹那道料理的名稱了。

順道一提……藍幫宴請巴斯克維爾小隊滿漢全席的那一幕中，金次看到白雪吃的那道『像羹麵一樣的東西』，就是這道蟹粉拌麵。

我們就為金次祈禱，哪一天白雪可以重現這道料理吧。

在第十四集的最後，沒想到納粹德國的殘黨竟然對金次他們宣戰了。

相對地，金次就算看到敵方的幹部是嬌小的女孩子，也沒輕忽大意呢。這一定是因為他對小不點束手無策的日子中，培養出來的深層心理所影響的吧？亞莉亞真能幹！

那麼，下回——等到讓人想親近深海色與冰藍色的季節中，我們在書店再見吧。

二〇一三年四月吉日　赤松中學

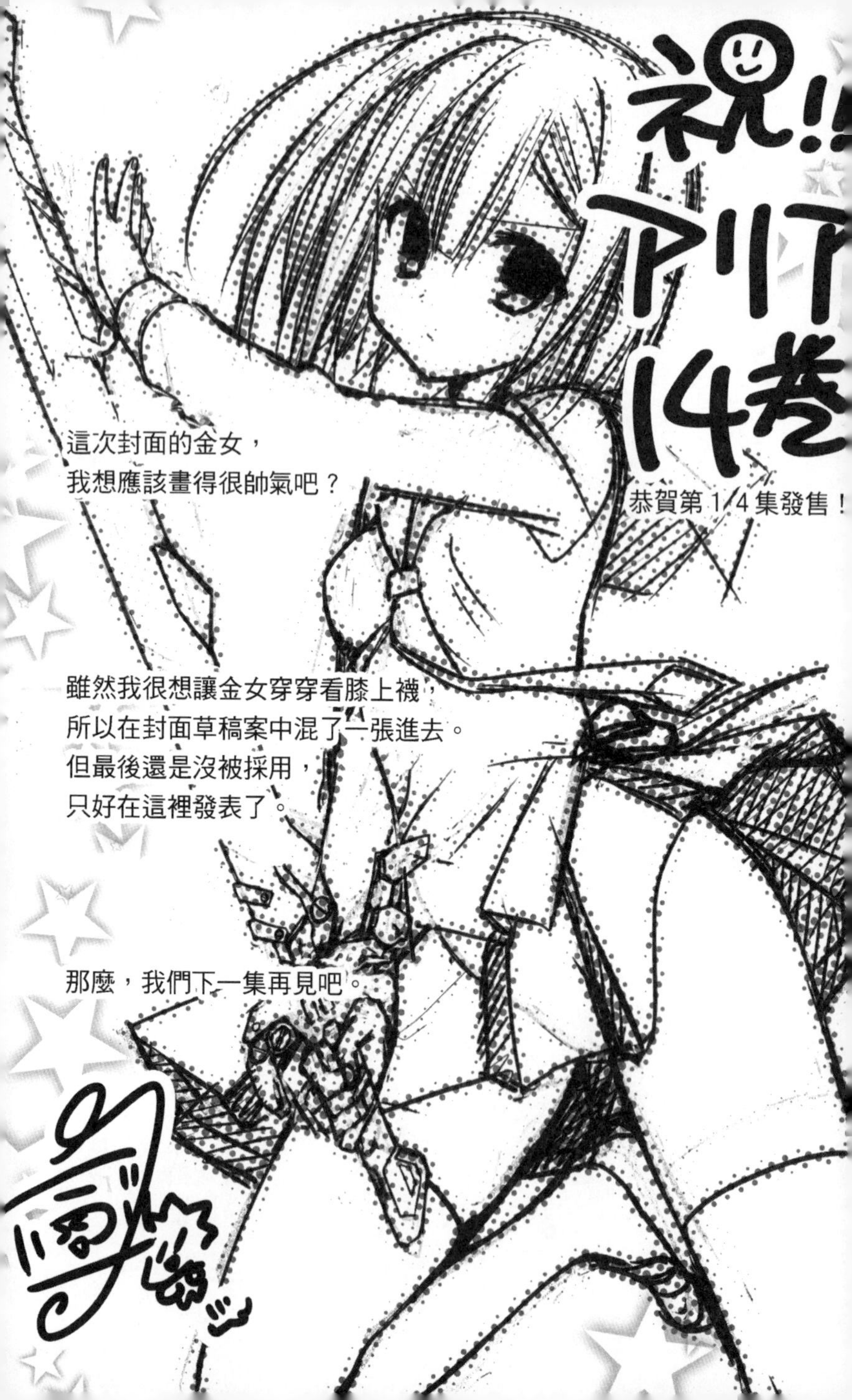

恭賀第14集發售！

這次封面的金女，
我想應該畫得很帥氣吧？

雖然我很想讓金女穿穿看膝上襪，
所以在封面草稿案中混了一張進去。
但最後還是沒被採用，
只好在這裡發表了。

那麼，我們下一集再見吧。

最強歡樂混沌喜劇上演！
超萌超宅外星美少女登場
襲來！美少女邪神
逢空萬太 著
繪 狐印

浮文字

緋彈的亞莉亞(14) 不請自來的海霧

（原名：緋弾のアリアXIV 招かれざる海霧（アクアマリン・クロイツ））

作者／赤松中學　封面插畫／こぶいち　譯者／陳梵帆
發行人／黃鎮隆　協理／陳君平
總編輯／洪琇菁　國際版權／林孟璇
執行編輯／呂尚燁　美術主編／李政儀
企劃宣傳／邱小祐
出版／城邦文化事業股份有限公司 尖端出版
台北市中山區民生東路二段一四一號十樓
電話：（〇二）二五〇〇七六〇〇　傳真：（〇二）二五〇〇二六八三
E-mail：7novels@mail2.spp.com.tw
發行／英屬蓋曼群島商家庭傳媒股份有限公司城邦分公司　尖端出版
台北市中山區民生東路二段一四一號十樓
電話：（〇二）二五〇〇—七六〇〇（代表號）
傳真：（〇二）二五〇〇—一九七九
北部經銷／祥友圖書有限公司
電話：（〇二）八五一二—三八五一
傳真：（〇二）八五一二—四二五五
中部經銷／高見文化行銷股份有限公司
電話：〇八〇〇—〇五五—三六五
傳真：（〇二）二六六八—六二二〇
雲嘉經銷／智豐圖書股份有限公司　嘉義公司
電話：（〇五）二三三—三八五二
傳真：（〇五）二三三—三八六三
南部經銷／智豐圖書股份有限公司　高雄公司
電話：（〇七）三七三—〇〇七九
傳真：（〇七）三七三—〇〇八七
一代匯集／香港九龍旺角塘尾道六十四號龍駒企業大廈十樓B&D室
電話：（八五二）二七八三—八一〇二
傳真：（八五二）二七八二—一五二九
馬新總經銷／城邦（馬新）出版集團　Cite(M)Sdn.Bhd.
E-mail：Cite@cite.com.my
大眾書局（新加坡）　POPULAR(Singapore)
E-mail：feedback@popularworld.com
大眾書局（馬來西亞）　POPULAR(Malaysia)
E-mail：popularmalaysia@popularworld.com
法律顧問／通律機構
台北市重慶南路二段五十九號十一樓
二〇一三年九月一版一刷
二〇一五年七月一版四刷

■中文版■

郵購注意事項：
1. 填妥劃撥單資料：帳號：50003021戶名：英屬蓋曼群島商家庭傳媒(股)公司城邦分公司。2. 通信欄內註明訂購書名與冊數。3. 劃撥金額低於500元，請加附掛號郵資50元。如劃撥日起 10～14日，仍未收到書時，請洽劃撥組。劃撥專線TEL：(03)312-4212 ・ FAX：(03)322-4621。E-mail：marketing@spp.com.tw

國家圖書館出版品預行編目資料

緋彈的亞莉亞 / 赤松中學 著； 陳梵帆 譯.--1版.
--臺北市：尖端出版, 2009.10
面 ； 公分.--(浮文字)
譯自:**緋弾のアリア**
ISBN 978-957-10-5357-8(第14冊：平裝)

861.57　　　98014545